로크미디어가
유혹하는
재미있는 세상

천외천의 주인 30

2022년 12월 8일 초판 1쇄 인쇄
2022년 12월 13일 초판 1쇄 발행

지은이 한수오
발행인 김정수 강준규

기획 이기헌 왕소현 박경무 강민구 조익현
책임편집 오영란
마케팅지원 이원선

발행처 (주)로크미디어
출판등록 2003년 3월 24일
주소 서울시 마포구 마포대로 45 일진빌딩 6층
Tel (02)3273-5135 **Fax** (02)3273-5134
홈페이지 rokmedia.com **E-mail** rokmedia@empas.com

값 9,000원

ISBN 979-11-354-7450-7 (30권)
ISBN 979-11-354-8621-0 04810 (세트)

한수오 신무협 장편소설

30

천외천의
주인

| 패도覇道 |

차례

仙기(神技)   7

검교(劍君)   45

남해삼십육검(南海三十六劍)   81

변화하는 전국 (1)   119

변화하는 전국 (2)   155

변화하는 전국 (3)   191

변화하는 전국 (4)   231

신기神技

예충이 선공을 택한 것은 일종의 발악이었다.

쥐도 궁지에 몰리면 고양이를 물고, 개구리도 죽음을 직감하면 몸을 부풀려서 뱀의 입을 막으려 드는 것이다.

설무백의 전신에서 풍기는 무상의 기운에 가중한 압력을 받은 예충은 주저앉거나 물러나기보다는 돌파를 선택했다.

촤르르륵-!

전진하는 순간부터 예충의 전신이 칼바람과 칼 그림자에 가려졌다.

포대처럼 헐렁하게 걸친 그의 흑의의 넓은 소매가 꽃잎처럼 펄럭이는 가운데, 새하얀 칼날 아래 이글거리는 도기가 짙은 향기처럼 퍼지며 장내를 장악하며 설무백을 뒤덮었다.

설무백은 내심 고개를 끄덕였다.

감탄이었다.

예충의 절기인 귀혼수라겁백도는 거칠고 투박해서 야만적인 느낌이 강한 도법이라고 생각했는데, 이제 보니 그렇지 않았다.

예전의 그는 그렇게 보았으나, 지금의 그는 그 속에 포함된 유려함을, 화려할 정도로 아름답고 우아한 도기의 흐름과 기세를 정확히 느낄 수 있었다.

여타 칼들과 달리 짧고 굵으면서 뭉툭해서 어딘지 기형적으로 보이는 그의 애병, 귀도가 왜 귀도인지 여실히 드러나는 공격이었다.

잘 교육받은 귀공자처럼 유려한 기세를 거칠고 야만적인 전사의 성질과도 같은 기풍으로 포장하고 있으니, 어딘지 모르게 요사스럽고 기기한 느낌을 주는 것이다.

'풍사보다 위다!'

설무백은 자신만의 공간에서 쇄도하는 예충의 공격을 낱낱이 뜯어보며 그렇게 판단했다.

지금의 예충은 귀도라고 불릴 정도로 뛰어난 도법을 가지고 있으면서도, 도귀라고 불릴 정도로 도에 미쳐 살던 석년의 능력을 완전히 회복한 것은 물론, 더욱 진보해 있었다.

지금 그가 마주한 벼락같은 엄청난 기세와 폭풍과 같은 살기는 이전의 예충에게서 보지 못한 신기인 것인데, 무엇보다도 한 자 두 치에 불과한 예충의 귀도가 뻗어지는 그 순간에 다섯 자나 되는 길이로 늘어난 것이 그것을 대변하고 있었다.

이글거리는 서기로 이어진 길이, 도강(刀罡)이었다.

'이 정도면 검노나 철각사와 승부를 가려 볼 수도 있겠는 걸?'

설무백은 그런 판단으로 흥미로움에 빠져서 언제고 한 번 기회를 만들어 보겠다고 작심하며 움직였다.

패도적인 울림으로 부르짖는 칼바람과 서리를 켜켜이 세워 놓은 듯 살벌한 도기를 발하는 도강의 위세 속에서 그는 수중 의 환검 백아를 내밀었다.

그런 그의 반응은 너무 빠른 것으로 보였다.

설무백은 내내 그 자신만의 공간에 서 있었기에 다른 사람 들의 눈에는 전광석화가 무색한 속도로 쇄도한 예충의 귀도가 아직도 그의 면전에 이르지 않았기 때문이다.

환검 백아의 길이를 감안해도 예충이 뻗어 내는 귀도와 마주 칠 거리가 아닌 것이다.

하지만 아니었다.

챙―!

예리한 금속성이 터지며 백아가 귀도와 마주쳤다.

백아는 설무백의 손을 떠나 있었다.

그건 마치 설무백이 수중의 백아를 암기처럼 내던진 것으로 보였다.

순간적으로 드러난 장면에서 앞으로 뻗어진 설무백의 손과 백아의 손잡이는 한 자 이상의 거리를 두고 있음을 장내의 모두가 볼 수 있었던 것이다.

그건 자칫 우스꽝스럽게 볼 수도 있는 상황이었다.

물론 그것도 그들의 움직임을 볼 수 있는 눈을 가진 고수들에 한해서였지만, 설무백 정도의 고수가 상대의 공격을 막기 위해서 수중의 검을 내던지다니, 참으로 민망하기 짝이 없이 보이는 것이다.

그러나 그걸 봤던 보지 못했던, 장내의 그 누구도 웃거나 하지 않았다.

백아와 마주친 귀도가 뒤로 밀렸기 때문이다.

설무백이 불시에 내던진 백아에는 예충의 전력이 담긴 귀도를 밀어낼 정도의 힘이 담겨 있었던 것이다.

"윽……!"

예충이 예상치 못한 어이없는 반격에 놀라고 당황하다가 백아에 실린 힘에 밀려서 주룩 뒤로 밀려 나갔다.

다만 그는 그 순간에 두 눈을 예리하게 빛내며 움직였다.

그가 물러나면서 백아와 설무백의 거리는 이 장 이상이나 벌어진 상태였다.

노강호답게 와중에도 침착하게 그것을 직시한 그는 반사적으로 수중의 귀도를 크게 휘둘렀다.

설무백이 백아를 회수하려고 다가서기 전에 백아를 멀리 떨쳐 내기 위함이었다.

스캉-!

귀도와 마주쳤던 백아가 측면으로 떨어져 나갔다.

예충은 그 틈을 놓치지 않고 전진하며 수중의 귀도를 뻗어 냈다.

다섯 자나 길게 일어난 도강이 설무백을 향해 폭풍처럼 파괴적인 기세를 일으키고 있었다.

그런데 그때 다시금 어이없고 황당한 사건이 터졌다.

설무백은 애초에 떨쳐 나간 백아를 잡으려고 쇄도하지 않았다. 그냥 그 자리에 서서 쇄도하는 그를 주시하며 손을 휘젓고 있었다.

순간, 저 멀리 날아갔을 것이라고 생각한 백아가 길게 뻗어지고 있는 예충의 귀도를 막았다.

챙―!

거친 금속성과 함께 예충은 다시금 뒤로 밀려났다. 그리고 밀려나면서 어처구니없는 사태를 눈으로 확인했다.

설무백은 그 자리에서 움직였다.

그의 동작과 손짓에 따라 백아가 움직이며 다양한 변초를 구사하고 있었다.

놀랍게도 마치 눈에는 보이지 않는 백아의 손잡이가 설무백의 손에 잡혀 있는 것 같은 광경이었다.

그랬다.

설무백은 백아를 단순히 암기처럼 내던진 것이 아니었다.

설무백의 손은 보이지 않는 백아의 손잡이를 잡고 있었다.

지금 설무백은 기라면 기였고, 마음이라면 마음으로 연결된 백아의 손잡이를 잡고 검초를 구현하고 있는 것이다.

"비검(非劍)……?"

"아니, 무형검(無形劍)이라고 해야겠지?"

경악과 불신에 눈이 커진 풍사와 검노의 경탄이었다.

졸지에 벌어진 상황에 놀라고 당황한 다른 사람들도 두 눈을 부릅뜨며 자리를 박차고 일어나 있었다.

다만 지금 설무백의 수법이 비검이든 무형검이든 간에 검법의 묘리인 형(形)을 초월한 경지인 것만큼은 분명했다.

고도의 심득을 통해서 마음의 검이 움직이고, 그 마음의 검에 따라 손에서 떨어진 검이 움직이고 있는 것이다.

예충은 연이어 압박해 오는 백아의 서슬을 간신히 막아 내며 서서히 궁지에 몰리고 있었다.

이건 시전자의 의도에 따라 무시무시한 파괴력을 품은 채 빛처럼 빠르게 움직이는 대신 직선적인 움직임과 곡선적인 움직임만을 보이는 어검술과 다르게 검이 외물이 아닌 손처럼 시전자의 내면이 그리는 형을 그대로 재현하고 있는 신기였다.

그래서 비검이고, 무형검일 수도 있었다.

시전자의 마음이 그리는 형을 구현하는 검을 어찌 검이라고 부를 수 있을 것이며, 머리로 생각하는 것을, 더 나아가서 마음으로 상상하는 것을 그대로 구현해 내는 것을 어찌 형체가 있다고 말할 수 있을 것인가.

그리고 이내 그것이 증명되었다.

마음의 검으로 구사할 수 없는 초식은 없고, 벨 수 없는 물체도 없는 법이다.

얼마든지 상상의 나래가 가능한 것이 마음이고, 상상으로는 능히 태산도 벨 수 있는 것이다.

지금 설무백의 검, 백아가 그랬다.

검극의 모든 움직임이 상식을 벗어났다.

태산도 능히 베어 버릴 것 같은 강맹한 검기에 휩싸인 검극이 부드러운 나선을 그리다가 직선으로 뻗어지고, 직선으로 뻗어진다 싶으면 나선으로 휘어지고 있었다.

그에 더해서 검극이 매순간 눈에 보이는 듯하면서도 일순 시야에서 사라져 버렸다.

그게 정말로 투명하게 사라지는 것인지, 아니면 워낙 빠른 움직임으로 사각을 파고들기에 그렇게 느껴지는 것인지는 모르겠으나, 예충으로서는 도저히 막거나 피하거나 방어할 수단이 없었다.

'이건 비검도 무형검도 아니다! 신검(神劍)이다!'

예충이 그런 생각으로 경탄과 체념에 사로잡히며 심신이 오그라드는 순간이었다.

스칵―!

한순간 시야에 나타나서 가공할 기세로 휘둘러진 백아가 반사적으로 방어에 나선 예충의 칼날을 베어 버렸다.

칼날이 잘라지는 느낌은커녕 아무런 감각도 없었다.

그저 사선으로 반듯하게 잘린 귀도의 서슬이 바닥으로 떨어져 발치에 꽂히는 광경이 예충의 시야에 들어왔을 뿐이다.

그리고 그 순간 백아는 망연자실한 그의 미간을 노린 상태로 수평을 그리며 허공에 둥둥실 떠 있었다.

장내의 모두가 숨을 죽였다.

찰나의 정적이 시간을 멈추어 버렸다.

설무백이 그 공간에서 홀로 움직여서 손을 당겼다.

예충의 미간을 겨누고 있던 백아가 살아 있는 생명체처럼 부름에 응해서 그의 손으로 돌아갔다.

예충은 그저 멍하니 서 있었다.

승패의 결과가 그의 감정에 미치는 영향은 눈곱만큼도 존재하지 않았다.

가능하지 않고 이룰 수 없는 것에 대한 망상이 깨졌다고 해서 분하지는 않는 것이다.

설무백이 그 순간에 수중의 백아를 사라지게 만들며, 정확히는 팔찌로 변화시켜서 손목에 차며 정중한 어조로 충고했다.

"귀혼수라겁백도는 파괴적인 면과 부드러운 기법의 조화라는 측면에서 더 이상의 보완이 필요 없는 완성된 형태의 도법이지. 하지만 완성이란 인간이 만든 굴레에 지나지 않아. 세상에 완벽이란 존재하지 않는 법이니까. 거기서 만족하지 말고 더 나아가. 형태란 무의미한 거야. 완성된 형태라는 지금의 굴

천외천의
주인

레를 벗어던지고 새로운 형태를 창조하는 궁극의 경지를 노려
봐. 예 노야라면 할 수 있어."

예충이 잠시 뜸을 들이다가 반 토막 난 귀도를 들어 보이며
자못 울적한 표정으로 말했다.

"그럼 이건 보상해 주는 거겠죠?"

설무백은 피식 웃으며 대꾸했다.

"더 쓸 만한 것으로 구해 주지."

예충이 쩝쩝 입맛을 다시고는 발치에 박힌 귀도의 서슬을
주워 들고 돌아서며 대답했다.

"그럼 어디 한번 최선을 다해서 노려보도록 하지요."

설무백은 새삼 피식 웃고는 시선을 돌려서 단상의 검노를
콕 찍어서 바라보았다.

검노가 움찔하며 두 손을 번쩍 쳐들었다.

"나는 포기요. 늙은이가 그동안 성장을 했으면 얼마나 성장
했겠습니까. 확인해 보나마나 제자리 뛰기에 불과하니, 주인의
비검을 견식한 여운이나 더 즐길 수 있도록 부담스러운 그 시선
은 거두어 주십시오."

이렇게까지 말하는데 어찌 강요할 수 있을 것인가.

설무백은 쓰게 입맛을 다시며 시선을 돌렸다.

하지만 다들 그의 시선을 피하며 딴청을 부렸다.

설무백은 내심 고소를 금치 못하며 이제 그만 괜한 심술로
시작해서 본의 아니게 커진 사태를 마무리하려고 했다.

그때 지원자가 나섰다.

"제가 하지요."

태양신마였다.

그가 자리에서 벌떡 일어나서 다부진 표정으로 단상을 내려오며 말했다.

"장병과 단병의 신위를 봤으니, 그다음에는 마땅히 기공이지."

설무백은 절로 고개를 끄덕였다.

태양신마는 풍잔의 서열 오 위지만, 내공만 놓고 보면 능히 서열 이 위인 검노보다 윗길에 있음을 그는 익히 잘 알고 있었다.

"전력을 다해요. 안 그러면 내게도 노야에게도 전혀 도움이 없을 테니까."

태양신마가 서너 장을 격하고 설무백과 마주 서기 무섭게 두 손을 좌우로 펼치며 대답했다.

"당연하지!"

태양신마의 두 눈동자가 붉게 변하고, 좌우로 펼친 그의 위로 이글이글 타오르는 화염구가 형성되었다.

태양신공이었다.

장내가 다시금 숨을 죽이며 고요해졌다.

설무백은 만족한 표정으로 두 팔을 펼쳤다.

거만해 보일 정도로 언제든지 덤비라는 시늉이었다.

태양신마의 두 눈이 불꽃으로 타올랐다.

그에 반응하듯 그의 두 손바닥에서 이글거리는 화염구가 점차 새파랗게 발열하며 태양처럼 눈부신 빛을 뿌렸다.

태양신공을 극성으로 끌어 올린 것이다.

"일전에 내가 전력을 다하지 않았음을 시인하지. 그러니 오늘은 조심하는 게 좋을 거다."

단호한 경고와 동시에 그의 두 손이 설무백을 향해 뿌려졌다.

새파랗게 발열하는 두 개의 화염구가 그 손짓을 따라 한 순간 화살처럼 빠르게 쏘아졌다.

순간, 설무백은 활짝 펼친 손바닥을 앞으로 내밀었다.

눈부신 광체를 뿌리며 빨랫줄처럼 직선으로 쇄도하던 두 개의 화염구가 그런 그의 손바닥 앞에서 거짓말처럼 멈추었다.

그리고 또한 거짓말처럼 꿈틀거리며 하나로 합쳐졌다.

가없는 강기가 사방에서 짓눌러서 두 개의 화염구를 강제로 우겨서 하나로 합쳐버리는 모습이 순간적으로 이루어진 것인데, 그 뒤로 설무백의 손바닥이 부드러운 곡선을 그리며 가슴으로 당겨졌다가 튕기듯이 빠르게 앞으로 뻗어졌다.

하나로 뭉쳐져서 허공에 둥둥 떠 있던 화염구가 그의 손짓에 따라 태양신마에게 되돌아갔다.

쇄도해 올 때와 비교해서 배 이상 더 빨라진 속도, 그야말로 빛의 탄환이었다.

"......!"

태양신마가 두 눈을 부릅뜨며 발작적으로 쌍장을 내밀었다.

간발의 차이로 그의 손에서 새롭게 형성된 화염구가 설무백이 되돌려 보낸 화염구와 충돌했다.

꽝-!

우레와 같은 폭음이 터지며 눈부신 광망이 사방으로 비산했다.

박살난 화염구과 조각난 불덩이로 화해서 분분이 휘날리는 것인데, 때를 같이해서 태양신마가 두 손을 길게 뻗어 낸 자세 그대로 주룩 뒤로 밀려나갔다.

일장 격돌, 그것으로 비무가 끝났다.

보는 이들의 눈을 잠시 멀게 한 눈부신 광망이 소멸되고 드러난 풍무장의 중앙에는 천신처럼 우뚝 서 있는 설무백과 두 발로 깊은 고랑을 만들며 대여섯 장이나 밀려난 채로 산발한 머리와 넝마처럼 너덜너덜해진 복장이 나불거리는 태양신마의 모습이 대조를 이루고 있었다.

"제대로 된 이화접목(移花接木)의 경지를 생전에 직접 보게 되다니, 실로 감개무량하군."

이내 실없이 웃어 버린 태양신마의 뇌까림이었다.

상대의 힘을 무력화시키는 데 그치지 않고 역이용하는 수법을 사량발천근(四兩發千斤)이라고 하는데, 부드러운 꽃송이로도 굵은 나무를 상대할 수 있다는 것에서 유래한 이화접목의 수법

천하천의
주인

은 그보다 더 뛰어난 고도의 경지였다.

사량발천근이 물리적인 힘을 역이용하는 것이라면 이화접목은 그에 더해서 무형의 기조차 역이용해서 반격하는 수법으로 가히 천외천의 경지인 것이다.

"확실히 졌다. 그리고 분명 내게도 도움이 될 것 같다."

패배를 자인하는 태양신마에게 설무백은 씩 웃으며 대꾸했다.

"공력은 내 최고의 장기지."

동시에 쥐 죽은 듯 고요하게 숨죽이고 있던 장내가 대번에 감탄과 경이의 함성으로 소란스러워졌다.

"와……!"

다만 단상에 마주 앉아 있던 예충과 풍사는 그런 장내의 분위기에 아랑곳하지 않고 삿대질까지 해 가며 언쟁을 벌리고 있었다.

"……일 합 넘겼잖아!"

"그게 넘긴 겁니까, 주군이 봐준 거지?"

"어쨌든, 넘겼잖아!"

"봐준 건 넘긴 게 아니에요!"

"오, 그래. 이제 막 나가자 이거지?"

"막 나가긴 누가 막 나간다고 그래요? 사실이 그렇다는 거지?"

설무백은 한마디로 그들의 언쟁을 끝냈다.

"그럼 다시 하죠, 우리?"

언쟁을 벌이던 예충과 풍사가 슬쩍 설무백을 바라보고는 이내 한숨을 내쉬고 서로 등지며 같은 말을 흘렸다.

"의미 없네요."

설무백은 괜한 심술로 본의 아니게 일이 커졌다고 자책했으나, 와중에 누락된 사람들은 생각이 달랐다.

실망이 컸다.

풍잔의 신성들로 불리는 단예사, 모용자무 등이 특히 그랬다.

혈기가 들끓고 의욕이 왕성한 그들의 입장에서는 설무백과의 비무가 절대 놓치고 싶지 않은 가르침이라고 생각했기 때문이다.

풍무장의 비무가 끝난 다음에 그들이 우르르 설무백의 거처로 찾아온 이유가 바로 거기에 있을 터였다.

불만까지는 아니어도 아쉬움을 토로하려는 것이다.

그러나 그들의 의중은 설무백의 거처로 들어서는 순간 거짓말처럼 눈 녹듯이 사라져 버렸다.

외각순찰에 나서느라 비무에서 제외된 융사와 천타, 화사, 철마립, 구익조 등의 대주들, 그리고 애초에 자청해서 빠지기를 원했던 검영과 검매, 사사무, 제연청, 사도 등이 그들보다 먼저 설무백을 찾아와서 담소를 나누고 있었다.

게다가 설무백의 뒤쪽 창가에 서서 도란도란 얘기를 나누다가 그들을 쳐다보는 세 사람은 풍잔의 그 누구도 한 수 양보하는 요미와 설무백을 사사한 정기룡, 그리고 대력귀였다.

누구 하나 그들보다 못한 사람이 없었다.

그들은 그제야 깨닫고 뼈저리게 실감했다.

다른 문파에서라면 기재니 뭐니 하며 추앙받을 그들이 여기서는 그저 남들보다 조금 뛰어난 재능을 가진 아이들에 불과한 것이다.

"무슨 일이야?"

"아, 그게 그러니까……!"

"무슨 일이긴요."

설무백의 물음에 선뜻 대답을 못하는 그들을 대신하듯 요미가 말을 자르고 나섰다.

"얘들은 이래저래 오빠에게 제대로 인사를 못했잖아요. 예의 바른 애들이 그게 못내 신경이 쓰여서 인사하려 온 거죠. 그렇지?"

생긋 웃으며 쳐다보는 요미의 눈빛에는 그들의 생각을 손바닥처럼 낱낱이 읽고 있다는, 그러니 까불지 말고 어서 당장 꺼지라는 위협이 담겨 있었고, 그들도 그 정도는 읽을 수 있는 눈치가 있었다.

"아, 예, 바로 그겁니다!"

"무탈하게 돌아오셔서 기쁩니다!"

설무백은 내심 고소를 금치 못했다.

요미가 눈치챈 것을 당사자인 그가 어찌 모를 것인가.

"그래, 고맙다. 안 그래도 부를 참이었는데 잘 왔다. 너희들에게는 내가 따로 할 말이 있으니, 돌아가서 기다려라. 내가 시간이 되는대로 부르마."

"아, 예, 알겠습니다!"

"그럼 저희들은 이만……!"

단예사 등이 반색하며 올 때처럼 우르르 돌아갔다.

그들이 돌아가기 무섭게 픽 웃은 제갈명이 설무백을 쳐다보며 물었다.

"아시죠, 쟤들 애정 결핍이라는 거?"

설무백은 짐짓 눈총을 주었다.

"하던 말이나 계속 하지?"

제갈명이 넉살 좋게 웃으며 어깨를 으쓱했다.

"더할 말도 없습니다. 적어도 여기 난주는 완벽한 철옹성입니다. 저들이 난주를 표적으로 삼고 당장에 진격해 온다고 해도 무너질 일은 절대 없습니다."

설무백이 묵묵히 고개를 끄덕이는 참인데, 검매 사문지현이 말꼬리를 잡고 나섰다.

"절대는 아니죠."

"응?"

제갈명이 김샜다는 표정으로 검매를 바라보았다.

"어떤 면을 보고 그리 말하는 거죠?"

검매가 심드렁하게 설명했다.

"우리의 경계는 서쪽과 북쪽에 집중되어 있어요. 그쪽은 완벽하다고 인정하지만, 남쪽과 동쪽은 아니죠. 저들이 그리로 온다면 우리는 매우 곤란해질 거예요."

제갈명이 이해가 가지 않는다는 표정으로 말을 받았다.

"그건 중원이 완전히 무너졌을 때의 경우입니다. 우리의 남쪽에는 공동파가 있고, 그 공동파의 발밑은 당문이 지키고 있습니다. 그리고 중원에는 아직 무림맹과 흑도천상회가 건재하지요. 너무 지나친 노파심입니다."

검매가 그런 생각을 하는 그쪽이야말로 이해가 가지 않는다는 눈빛으로 제갈명을 바라보았다.

"남쪽은 그나마 다행이긴 하죠. 하지만 당문이 무너지면 공동파는 별수 없이 본산을 내줄 겁니다. 그리고 이미 점창파와 종남파가 괴멸에 가까운 피해를 입고 본산을 내준 마당이에요. 화산파도 자객이 들어서 다수의 요인이 살해당했고요. 게다가 무엇보다도 흑도천상회는 믿을 수 없어요. 그들의 보이는 요즘의 행동은 마교와 손잡고 새로운 세상을 꿈꾸는 게 아닌가 싶을 정도로 최악이니까요."

그녀는 피식 웃는 낯으로 재우쳐 물었다.

"군사의 생각으로는 얼마나 버틸 것 같아요, 무림맹이?"

제갈명이 웃는 낯으로 한 수 가르쳐 준다는 식으로 대꾸했다.

"검매의 걱정은 모르는 바가 아니나, 흑도천상회를 그리 추악한 무리로 보는 것은 반대요. 요컨대 강호무림의 방파들은 어차피 흑백도를 망론하고 기본적으로 자기들의 이득을 위해서 싸우는 자들의 집단이오. 비록 흑도천상회가 수상한 움직임을 보인다고는 하나, 그것 역시 자기들의 이득을 위해서 움직이고 있을 뿐이라는 거요. 그런 그들이 마교와 손을 잡는다?"

그는 어림도 없다는 듯이 실소하며 자신의 질문에 스스로 답하며 고개를 저었다.

"천부당만부당한 소리요. 그들이 바보도 아니고 마교와 손을 잡으면 당장 자신들의 미래가 없음을 뻔히 알 텐데, 어찌 그럴 수 있겠소. 그런 자가 아주 없다고 볼 수는 없지만 극히 드물 것이고, 그건 그들 자체가 충분히 정화할 수 있으리라는 것이 본인의 생각이오."

검매가 물러서지 않고 항변했다.

"아주 없지 않은 그런 자가 흑도천상회의 전권을 가질 수 있는 힘을 가지고 있고, 또한 그자가 마교마저 아우를 수 있다는 야망을 가졌다면 어쩌죠?"

"작금의 중원무림에 그런 능력자는 없다고 나는 단언할 수 있소."

"내 말을 제대로 이해하지 못했네요. 나는 지금 그런 능력자가 있고 없고를 따지는 게 아니에요. 야망을 품게 되면 사람은 누구나 다 자신의 능력을 쉽게 망각하는 법이에요. 자신의 야망이 가당치 않은 망상에 불과하다는 것도 모르고 도전과 모험이라고 생각하죠. 제갈 군사는 흑도천상회에 그런 자가 없다고 단언할 수 있나요?"

제갈명이 약간 기분이 상한 표정으로 대답했다.

"물론 그건 나도 단언할 수 없소. 하지만 그건 가설에 가설일 뿐이지 않소. 정말 그런 자가 있다는 게 밝혀지면 그때 가서 조치를 취해도 늦지 않을 일이오."

검매가 고집스럽게 말꼬리를 잡았다.

"아니요. 그때 가서는 늦어요. 중원의 기반이 무너지고 우리 동쪽에 저들의 군영이 차려진 다음에야 밝혀질 테니까요."

"검매는 우리의 정보력이 그렇게나 허술하다고……!"

제갈명이 울컥한 듯 언성을 높이자, 내내 두 사람의 언쟁을 조용히 지켜보던 설무백이 대뜸 손뼉을 치는 것으로 제갈명의 말을 끊으며 나섰다.

"아주 좋아, 이런 분위기. 다들 본받아. 서로 생각이 다르면 이렇게 치열하게 다퉈야 조율을 하든 새로운 답을 얻든 하는 거니까."

제갈명이 불만 가득한 눈빛으로 설무백을 바라보며 대들 듯이 따졌다.

"그새 머리가 굳으셨습니까? 아직 조율도 안 됐고, 답도 찾지 못했잖아요?"

설무백은 슬쩍 곱지 않은 눈초리로 제갈명을 보았다.

"넌 가끔 아니, 이제 자주 이렇게 선을 넘더라?"

제갈명이 찔끔하며 그의 시선을 외면하자, 검매가 기다렸다는 듯이 나서며 재촉했다.

"이미 답을 얻은 거면 어서 말해 줘요. 어차피 모든 결정은 주군의 몫이니까요."

설무백은 기껍게 웃으며 말했다.

"제갈 군사의 말도 옳고, 검매의 말도 옳아. 두 사람 다 정말 제대로 중원의 판세를 읽고 있어서 기분 좋군."

제갈명과 검매가 어리둥절해했다.

다른 사람들도 그런 기색으로 설무백을 바라보았다.

설무백은 웃는 낮으로 아미파 등과 손잡은 당문의 상황과 본의 아니게 상처를 입은 공동파의 사건을 말해 주고, 그간 공유하지 않았던 무림맹의 연줄은 백선과 흑도천상회의 연줄인 흑선에 대해서 알려 주었다.

그리고 말미에 그에 대한 자신의 견해를 밝혔다.

"……그래서 내 생각은 반반이야. 당분간은 그쪽은 안심해도 될 상황이긴 하지만, 종남파와 화산파의 경우 북천상련의 경우처럼 전혀 예상 못한 세력의 공격이었단 말이지."

검매가 말했다.

"작금의 상황에서 반반은 전부와 다르지 않다고 생각해요."

그리고 제갈명을 쳐다보았다.

제갈명이 심통 난 아이처럼 입술을 대발 내밀며 툴툴거렸다.

천하제일
주인

"그건 맞는 말입니다. 반반이면 전부와 같죠. 그 반대편으로도 말입니다."

설무백은 끝내 뜻을 굽히지 않는 두 사람을 자못 예리한 시선으로 번갈아 보았다.

제갈명은 명석하나 감정적이고, 검매는 세심하나 너무 직선적이고, 고집스러울 때다 많다.

그는 냉정하게 주의를 주었다.

"목에 칼에 들어와도 아닌 건 아니다라고 주장하는 건 정말 좋은 성격이지. 하지만 인정할 걸 인정하지 않는 건 마땅히 버려야 할 아집이야."

제갈명과 검매가 소침해져서 설무백의 눈치를 보았다.

두 사람 다 설무백의 준엄함에 압도당한 면도 있지만, 그 바람에 자기중심의 좁은 소견에 집착하여 상대의 의견을 너무 무시했다는 것을 이제야 느낀 것이다.

설무백은 피식 웃으며 그들의 곁에 앉아 있는 화사와 철마립, 구익조를 둘러보았다.

"아무튼, 그래서 부른 거야."

화사가 제갈명만큼이나 길게 내민 입술을 삐쭉거리며 투덜거렸다.

"쳇! 혹시나 했는데, 역시나 누락시킨 비무 때문이 아니었던 거네!"

검매가 미심쩍은 표정으로 설무백을 바라보며 물었다.

"혹시 그 때문에 저도 부른 건가요?"

"왜 아니겠어."

설무백은 잘라 말했다.

"검매가 일대를 꾸려 봐. 명칭은 백령대(白令隊), 경계지역은 동편. 기존의 삼대에 속한 인원이 아니라면 누구도 다 허락하도록 하지."

검매가 잠시 뜸을 들이다가 이내 고개를 끄덕이며 자리를 털고 일어났다.

"알겠어요. 마냥 놀고먹는 것 같아서 눈치가 보이던 참이었는데, 잘됐네요. 지금 당장 기존의 대와 같은 인원을 꾸려서 보고하도록 하지요."

설무백은 기꺼운 표정으로 고개를 끄덕이며 슬쩍 제갈명을 바라보았다.

"괜찮지?"

제갈명이 싫지만 어쩔 수 없다는 표정으로 고개를 끄덕였다.

"뭐, 검매라면 새로운 대의 대주로 적당하지요."

그때 밖으로 나서던 검매가 문가에 서서 설무백을 돌아보며 불쑥 물었다.

"그보다 언제 시간 되요?"

"그야…… 응?"

설무백은 무심결에 대답하다가 왠지 모르게 심상치 않게 보이는 검매의 눈빛에 등골이 서늘해지는 것을 느끼며 물었다.

"아니, 무슨 일로……?"

검매가 태연하게 대답했다.

"같이 자려고요."

그리고 대수롭지 않게 부연했다.

"아무리 기다려도 다른 소식이 없어서요."

설무백은 한 방 맞은 표정으로 마른침을 삼켰다.

장내에 있던 모든 사람들도 얼음처럼 굳어졌다.

백주대낮에 날벼락도 유분수지 중인환시리에 대체 이게 무슨 뒤통수를 후려갈기는 소리란 말인가.

'그러고 보니……!'

잊고 있었는데; 그에게 먼저 연심(戀心)을 고백한 것도 검매였다.

설무백은 이제야 그녀가 얼마나 당돌한 여자인지가 떠올라서 뭐라고 대꾸조차 못하고 거듭 마른침을 삼켰다.

그런 그의 마음을 아는지 모르는지, 검매가 문득 고개를 갸우뚱하며 다시 말했다.

"아니다. 우선 대원들부터 꾸릴게요. 이 얘기는 그거 보고할 때 다시 하도록 하죠."

그리고 아무렇지 않게 돌아서서 뚜벅뚜벅 실내를 빠져나가며 문을 닫았다.

그때까지 장내의 모두가 굳어져 있었다.

더 없이 싸해진 그 분위기 속에서 요미가 감탄했다.

"와, 저 언니 대박! 나 이제부터 존경할래!"

설무백은 그녀의 목소리에 정신이 돌아와서 화사와 철마립, 구익조에게 눈치를 주었다.

"뭐 해? 어서 따라가지 않고? 대를 구성하는 데 너희들의 도움이 필요할 거잖아?"

"아, 예. 그럼 저희들은 이만……!"

화사와 철마립, 구익조가 서둘러 검매의 뒤를 따라서 자리를 떠났다.

설무백은 그제야 손뼉을 치는 것으로 묘하게 어색한 분위기를 쇄신하며 물었다.

"근데, 우리가 어디까지 얘기했지?"

제갈명이 키득거리며 초를 쳤다.

"얘기 다 끝났는뎁쇼?"

설무백은 '짝' 소리가 나도록 제갈명의 뒤통수를 한 대 갈기며 새로운 논의를 시작했다.

"사사무, 이매당의 요원 하나를 추가한다."

설무백의 말이 끝나기 무섭게 문이 열리며 두 사람이 안으로 들어섰다.

호리호리한 체구에 눈매와 어울리지 않게 의기소침한 사내, 흑응을 대동한 공야무륵이었다.

지난날 설무백이 쾌활림을 떠나는 조건으로 풀어 준 흑응은 풍잔을 찾아와서 설무백의 이름을 팔았고, 풍잔은 늘 있던 일이라 대수롭지 않게 받아 주었던 것이다.

기실 흑응으로서는 선택의 여지가 없었다.

쾌활림을 떠난 그가 갈 수 있는 곳은 존재하지 않았다.

무소유로 은인자중하며 살아가기에는 아직 젊었고, 다른 흑도에 가입하거나 낭인으로 떠돌기에는 쾌활림의 보복이 두려웠다.

결국 대안은 풍잔밖에 없었던 것이다.

다만 풍잔에 와서 설무백의 이름을 팔고도 주어진 임무라는 것이 고작 빗자루를 들고 마당을 쓰는 일이라 못내 자신의 처지가 한심했지만, 이내 그것도 수긍했다.

수긍하지 않을 수 없었다.

놀랍게도 그보다 앞서 마당을 쓸고 정원을 가꾸는 일을 하는 자들이 그보다 강하면 강했지 절대 약하지 않은 금혼살과 천살, 지살이었기 때문이다.

그러던 차에 설무백이 돌아왔고, 그를 거처로 부른 것이다.

그는 눈치를 보느라 여념이 없었다.

그때 사사무가 그를 위아래로 훑어보며 물었다.

"이 친구입니까?"

"누군지 이름은 알지?"

"흑응이라고 들었습니다만……?"

"그래. 흑응이다."

설무백은 정식으로 흑응을 소개했다.

"쾌활림에서 흑사자 노릇을 하던 애다. 정확히는 흑사자들을 지휘하는 형제들의 막내인데, 우연찮게 탈명도 구척의 탈명십삼도를 얻는 기연을 얻어서 실력만큼은 그들 중 상위 서열에 가깝지."

사사무의 눈이 이채롭게 빛났다.

좌중의 인물들도 다들 그와 같은 기색의 눈빛으로 흑웅을 바라보았다.

당연한 반응이었다.

흑웅은 애초에 자신이 쾌활림의 흑사자였다는 사실을 밝히지 않았다.

게다가 그런 자가 탈명도 구척을 사사했다는 것이다.

탈명도 구척은 오래전에 은거한 것으로 알려진 흑도의 전대 고수로, 명실공히 흑도십웅의 하나였다.

그런 인물의 제자라니 이채롭지 않을 수 없는 것이다.

"원래는 위지건의 예하에 두고 문이나 지키라고 할까 했는데, 다들 알다시피 흑사자 애들이 주로 음지에서 활동하던 애들이라 적성에 맞지 않을 것 같아서 말이야. 아직 심득을 얻지 못해서 비리비리하지만, 제대로 심득을 얻고 나면 밥값은 할 놈이니까, 곁에 두고 잘 가르쳐 봐."

사사무가 기꺼이 수긍했다.

"알겠습니다. 안 그래도 요즘 손이 딸렸는데, 잘됐습니다. 근데……?"

말꼬리를 늘인 그가 조심스럽게 재우쳐 물었다.

"금혼살과 천살, 지살도 그만 제가 완전히 주시는 게 어떻겠습니까? 정원을 가꾸는 것도 좋고, 마당을 쓰는 것도 좋지만, 그 때문에 시도 때도 없이 자리를 비우는 바람에 제가 아주 골치가 아픕니다. 일을 시키려고 찾아다니는 것은 둘째 치고, 정원이나 마당을 어지럽히는 애들과 자주 실랑이를 벌여서 말입니다."

"무슨 소리야?"

설무백은 자못 안색이 변해서 일축했다.

"안 돼. 걔들이 피 맛을 보며 산 세월이 몇 년인지 잘 알잖아. 걔들은 사사무 너나 제연청하고는 달라. 피 맛을 보고 살았어도 너는 종파의 규율이 살심을 눌러 줬고, 제연청은 스스로 살심을 벗어던진 경우지만 걔들은 그게 아니잖아. 제 버릇 남 못 준다고, 그 버릇 고치려면 적어도 그 세월만큼은 정신수양이 필요해. 그냥 둬."

사사무가 못내 뜨악한 표정으로 흑응을 일별하며 물었다.

"그럼 혹시 재도……?"

"당연하지!"

설무백은 잘라 말했다.

"계속 마당 쓸게 하고, 이매당의 임무를 병행시켜!"

누구 명령이라고 거부할 것인가.

사사무는 어쩔 수 없이 우거지상으로 한숨을 내쉬면서도 수

궁하며 고개를 숙였다.

"에휴, 알겠습니다. 그리 하지요."

금혼살과 천살, 지살과 마찬가지로 마당을 쓸고 정원을 가꾸면서 이매당의 임무를 수행해야 하는 흑응의 직책이 그렇게 정해졌다.

흑응은 황당한 기색이었으나, 감히 이의를 제기하지 못하고 사사무의 손에 이끌려 밖으로 나갔다.

"그럼 저희들도 이만……!"

제연청과 사도가 뒤늦게 급히 일어나서 그들의 뒤를 따라갔다. 사사무가 나가는 모습을 보고서야 자신들이 호출된 이유가 이매당의 부당주였기 때문이라는 사실을 깨달은 것이다.

요미와 함께 창가에 서 있던 대력귀가 그제야 나섰다.

"저는 왜 부르신 거죠?"

설무백은 기다렸다는 듯 눈총을 주며 말했다.

"언제까지 애들 보모 노릇에만 열중하고 살 생각이야?"

대력귀가 그런 말이 나올 줄 알았다는 듯 쓰게 입맛을 다셨다.

"역시 그 때문이었군요."

설무백은 명령을 내리듯 말했다.

내내 장승처럼 말없이 앉아 있던 풍잔의 총관 융사를 일별하며 말했다.

"융사를 돕도록 해. 부총관이다."

대력귀가 체념한 표정으로 물었다.

"물론 거부는 용납지 않으시겠죠?"

"당연하지!"

설무백은 짧게 대꾸하고는 내내 장승처럼 말없이 앉아 있던 풍잔의 총관 융사를 향해 말했다.

"도둑질로 단련된 눈이라 물건 볼 줄 알 테니, 그쪽 일을 관리하면 제격일 거다. 괜찮지?"

대력귀가 투덜거렸다.

"참, 정겹게도 말하네요."

"대력귀 소저라면 무조건 환영이지요. 마침 저 혼자 감당하기 버겁던 참이었는데, 정말 잘됐습니다."

융사가 급히 대답하고는 자리를 털고 일어나서 밖으로 나서며 대력귀를 바라보았다.

대력귀가 그의 시선을 외면하며 설무백을 바라보았다.

"용무는 그게 단가요?"

설무백은 왠지 모르게 의미심장한 느낌이 들어서 눈살을 찌푸렸다.

"그럼 뭐가 더 있어서?"

어깨를 으쓱한 대력귀가 그제야 느긋하게 융사의 뒤를 따라나서며 중얼거렸다.

"난 또 간택일이라도 잡아서 알려 주나 했더니만, 아니었네."

그러고는 신경질적으로 거칠게 문을 닫았다.

요미가 또 감탄했다.

"저 언니도 대박이네."

제갈명이 키득거렸다.

"여난일세."

설무백은 이제 이런 사태에 아주 인이 박힌 것인지 더는 놀라거나 당황하지 않고 그저 제갈명의 뒤통수를 한 대 후려갈겼다.

"윽!"

제갈명이 두 손으로 머리를 감싸며 마구 비비는 가운데, 검영이 조용히 나서며 물었다.

"이제는 제 차례인가요?"

설무백은 거두절미하고 반문했다.

"서열 놀이는 사내들이나 하는 장난이라고 생각해서 참가하지 않았다며?"

검영이 어깨를 으쓱했다.

"뭐, 대충 그랬죠."

설무백은 그 생각을 존중한다는 뜻으로 고개를 끄덕이며 말했다.

"서열은 없어도 직책은 있어야 해. 당신 같은 재녀를 놀고먹게 할 정도로 군자가 아니거든 내가."

검영이 수긍했다.

"저도 공짜 밥 먹을 생각은 없어요."

설무백이 말했다.

"호법이다. 호법이라는 특성상 임무는 그때그때 상황에 맞춰서 주어질 테니, 그리 알고 있으면 돼."

"그러죠."

검영이 바로 대답하며 자리를 털고 일어났다.

"그럼 된 거죠?"

설무백은 의외로 쉽게 수긍하는 검영의 태도에 머쓱했으나, 더 이상 할 말은 없었다.

제갈명과 요미가 무언가 기대에 찬 눈빛으로 그녀를 바라보았다.

하지만 그녀는 다른 말없이 그냥 밖으로 나갔다.

요미가 마뜩찮다는 듯 중얼거렸다.

"저 언니는 낙제. 얼굴도 반반하고, 무공도 센 언니가 너무 자신감이 없어서 탈락이야."

제갈명이 그녀의 말을 받아서 아쉽다는 듯 입맛을 다시며 무언가 말을 하려다가 재빨리 입을 다물며 움츠러들었다.

설무백이 손을 쳐들며 돌아봐서였다.

제갈명이 발끈했다.

"제가 동네북인 줄 아십니까!"

"응."

설무백은 짧게 인정하고는 천타에게 시선을 주며 물었다.

"요즘 광풍대 애들은 어때?"

"수련을 말씀하시는 거라면 다들 열심히 잘하고 있습니다."

"그거 말고 분위기가 어떠냐고."

천타가 고개를 갸웃했다.

"분위기라시면……?"

설무백은 선뜻 이해하지 못하는 천타에게 짐짓 눈총을 주며 말했다.

"새로운 사람들이 우대를 받으며 요직을 차지하면 기존의 식구들은 소외감을 느끼기 마련인 거야. 광풍대에서 그런 불만 없냐고."

천타가 하하 웃고는 대답했다.

"전 또 무슨 얘긴가 했습니다. 그런 거라면 걱정 붙들어 매십시오. 적어도 우리 애들 중에는 그렇게 섬세한 성격을 가진 애는 없습니다. 다들 나보다 강하면 인정한다는 주의거든요. 게다가 주군께서 우리 애들의 전통인 인정 비무까지 개최해 주시는 마당입니다. 강하면 얼마든지 올라설 길이 열려 있는데, 그게 무슨 대수라고 소외감씩이나 느끼겠습니까. 절대 그런 일 없으니, 안심하십시오."

"그러면 다행이고."

설무백은 가볍게 웃는 낯으로 고개를 끄덕였다.

사실 그도 노파심에서 점검하는 것일 뿐, 진심으로 걱정하고 있는 것은 아니었다.

광풍대의 대원들이 얼마나 강자존의 법칙에 철저한지는 그도 익히 잘 알고 있었다.

일찍이 수 년 간이나 광풍대를 이끌고 황야를 누비며 생사고락을 같이하던 그인 것이다.

천타의 대답에 만족하는 그는 슬쩍 요미와 함께 창가에 서 있던 정기룡을 손짓해 불렀다.

정기룡이 곁으로 다가오자, 그는 천타에게 말했다.

"이 녀석 좀 부탁하자. 곁에 두고 잘 가르쳐."

천타가 슬쩍 정기룡을 일별하며 미소를 흘렸다.

"저보고 주군의 제자를 가르치라는 소리는 아니실 테고, 애들처럼 박박 굴려서 인생 경험 좀 쌓아 주라는 소리시죠?"

설무백은 피식 웃으며 고개를 끄덕였다.

"바로 그거다."

천타가 자못 음충맞게 웃으며 대답했다.

"그거라면 자신 있습니다. 아주 매일 입에서 단내가 나도록 제대로 굴리도록 하겠습니다. 흐흐……!"

설무백은 새삼 피식 따라 웃으며 정기룡을 바라보았다.

"들었지?"

정기룡이 추호도 주눅 들지 않은 당찬 모습으로 천타를 향해 넙죽 고개를 숙였다.

"잘 부탁드리겠습니다!"

"오, 이거 구를 준비가 단단히 되어 있는 걸요?"

천타가 흡족한 표정으로 고개를 끄덕이는 순간이었다.

"뭐지?"

설무백은 저 멀리 어디선가 전해지는 예사롭지 않은 기세를 감지하며 고개를 갸웃거렸다.

아니나 다를까, 그때 밖에서 다급한 인기척이 들리며 거칠게 방문을 열고 뛰어 들어온 부소가 보고했다.

"비무행에 나선 낭인 하나가 방문했는데, 예사롭지 않은 자입니다, 주군!"

"······!"

설무백은 서둘러 밖으로 나섰다.

그럴 수밖에 없는 것이, 부소는 비록 지금은 위지건의 예하에서 문지기 노릇을 하고 있지만, 엄연히 과거 감숙성의 남부 지역에서 적수를 찾기 어렵다고 알려진 전대의 흑도고수 녹포괴조의 후예로, 녹포괴조의 진전을 오롯이 물려받아서 상당한 경지를 이룬 고수였다.

당장에 강호무림에 나서도 능히 특급의 대우를 받을 고수인 그가 적잖게 당황한 모습으로 예사롭지 않다고 말할 때에는 그만한 이유가 있고, 적어도 그보다는 강하다는 뜻인 것이다.

그리고 과연 그랬다.

풍잔의 대문 앞에서 위지건과 대치하고 있는 자는 실로 범상치 않은 사내였다.

일인전승의 문파인 금철문의 당대문주로, 금철문의 비전외가기공인 청우기공을 극성으로 익혀서 가히 엄청난 기세를 발산하는 위지건 앞에서 그 사내는 추호도 주눅 들지 않은 모습으로 고요하게 서 있었다.

그런데 그 사내의 태도가 묘했다.

위지건과 대치하고 있음에도 고개를 살짝 측면으로 기울이고 있었다.

시각보다는 청각에 집중하는 모습, 사내는 장님이었던 것이다.

사람의 이름이나 얼굴을 좀처럼 오래 기억하지 못하는 설무백이 그 바람에 사내를 알아보았다.

"적용사문……?"

그랬다.

장님사내는 바로 과거 우연찮게 안면을 익힌 북산현하각의 장님검객인 적용사문이었다.

검군劍君

남북쌍각과 동천서지의 후예를 만나면 무조건 양보하고 물러나
라.

　오랜 과거에서부터 강호무림의 검객들에게 전해 내려오는
금언이었다.
　동쪽의 하늘이라는 검천과 서쪽의 땅이라는 검지, 그리고
남쪽의 바다인 남해청조각과 북쪽의 산인 북산현하각의 후예
는 그처럼 강호무림에서 경외의 대상이었다.
　우습지 않게도 검천과 검지의 경우 전설처럼 소문만 무성할
뿐, 한 번도 강호무림에 등장하지 않았음에도 그랬는데, 이는
그들과 달리 비정기적으로 종종 모습을 드러내는 남해청조각의

후예인 검후와 북산현하각의 후예인 검군의 신위 때문이었다.

보타문의 일맥인 남해청조각과 태현문의 일맥인 북산현하각의 후예들인 검후와 검군은 강호무림에 모습을 드러낼 때마다 내로라하는 검객들에게 비무첩을 돌리고, 모든 상대를 격파하여 신화로 자리매김한 것이다.

'검군으로 나선 것일까?'

위지건과 적용사문이 대치한 풍잔의 대문 밖에는 이미 수많은 구경꾼들이 몰려 있었다.

불구경보다 재미있는 것이 싸움 구경이라는 말도 있지만, 작금의 상황은 그와는 조금 다른 맥락의 광경이었다.

난주는 이미 오래전부터 풍잔을 중심으로 돌아갔다.

그래서 구경꾼들의 대부분은 어떤 식으로든 풍잔과 연관된 일을 하는 사람들이고, 그 때문에 풍잔이 얼마나 강한지 익히 잘 아는 까닭에 일말의 걱정이나 두려움 없이 자리를 피하지 않고 그저 거리를 두고 구경하는 것이다.

하물며 근자에 들어 인근 지역의 사람들이 줄지어 난주로 이주하는 현상이 벌어졌다.

난주에서는 강도나 마적에게 당할 일이 없고, 더 나아가서 굶어 죽을 염려가 없다는 소문이 퍼진 까닭이었다.

그래서인지 지금 풍잔의 대문 밖에 모여든 구경꾼들의 숫자는 실로 군중을 이루고 있었는데, 그 군중 속에는 이미 검노를 비롯한 풍잔의 요인들이 다수 섞여 있었다.

설무백은 어서 나서지 않고 뭐 하냐는 제갈명의 눈치를 외면하며 그 군중의 하나가 되어서 적용사문의 살펴보았다.

한 자루 장검을 등에 매고 있는 적용사문은 일신에 걸친 비단화의가 안타까워 보일 정도로 훤칠한 신장과 환한 용모에 보석처럼 아름다운 두 눈을 가진 사내였다.

그리고 묘한 힘이 느껴지는 사내이기도 했다.

전에 봤을 때도 그런 힘을 느꼈는데, 지금의 적용사문은 그 힘이 보다 더 강화된 느낌이 들었다.

그래서였다.

설무백은 굳이 나서지 않고 지켜보았다.

위지건의 능력을 믿었다.

적용사문이 제아무리 북산현하각의 검군이라고 해도 위지건의 무력이라면 충분히 대응할 수 있다는, 적어도 낭패는 당하지 않을 것이라는 믿음이었다.

두 사람의 대치를 확인한 그는 적용사문이 강호행에 나선 명문 정파의 후기지수들처럼 비무를 위해 풍잔을 방문한 것으로 확신하고 있는 것이다.

'나를 찾아온 걸까?'

설무백이 문득 그런 생각이 드는 참인데, 그런 그의 예상이 사실로 드러났다.

위지건이 늘 그렇듯 무뚝뚝한 목소리로 그와 같은 사실을 밝혔다.

"다시 말하지만 우리 주군께서는 일개 낭인 나부랭이의 비무를 수락할 정도로 한가하신 분이 아니시다! 괜한 만용을 부려서 치도곤당하지 말고 어서 썩 꺼져라!"

적용사문이 살짝 고개를 비틀었다. 그리고 앞을 못 보는 맹인답지 않은 반응을 보였다.

"이 자리에 나선 것을 보니 그리 한가하지 않은 것도 아닌 것 같소만?"

놀랍게도 설무백의 존재를 감지한 것이다.

'이 많은 사람들 속에서?'

설무백은 내심 적잖게 감탄했다.

맹인들은 청각과 후각이 보통 사람들보다 몇 배에 달한다는 얘기가 있긴 하지만, 이는 그것만으로 설명될 수 없는 능력이었다.

이해하긴 어려우나, 그런 감각에 더해서 눈으로 보는 것만큼이나 혹은 그보다 더 세밀하게 주위의 경관을 느낄 수 있는 신비한 또 하나의 감각을 가지고 있어야 이 많은 군중 속에서 그의 존재를 파악할 수 있지 않겠는가.

'가짜 맹인 아냐?'

설무백이 내심 그런 생각까지 하는 드는 참인데, 위지건이 실로 우직한 성격답게 추호도 당황하지 않고 대꾸했다.

"주군께서 이 자리에 나섰다면 그만한 이유가 있기 때문이지 한가해서가 아니니, 네가 상관할 바가 아니다!"

적용사문이 빙그레 웃었다.

상심한 여인이 보더라도 주위가 밝아지는 것처럼 환한 미소였다.

"그럼 내가 귀하를 넘어서면 여기 풍잔의 주인인 설무백, 설 대협과 비무할 자격이 주어지는 것이오?"

위지건이 미간을 찌푸리며 슬쩍 설무백을 돌아보았다.

난감한 기색으로 그의 의중을 묻는 눈빛이었다.

설무백은 가만히 고개를 끄덕였다.

위지건이 제대로 알아듣고 적용사문을 향해 누런 이를 드러냈다.

"다칠 텐데?"

적용사문이 대답 대신 등배의 장검을 뽑아 들며 새삼 빙그레 웃었다.

"비무에 나선 자는 죽음도 감수해야 하거늘 어찌 다치는 것을 두려워하겠소. 걱정 말고, 오시오."

위지건이 바라던 바라는 듯 새삼 누런 이를 드러내며 태세를 갖추었다.

그의 전신이 푸른 서기에 휘감겼다.

과거 외문기공의 일인자로 군림하던 금철문의 조사, 대력패왕 청우의 성명절기인 청우기공의 발현이었다.

"⋯⋯!"

설무백은 절로 고개를 끄덕였다.

위지건은 그동안 수련을 게을리 하지 않은 것 같았다.

청우기공은 극성에 다다를수록 발현되는 기운이 밖으로 표출되기보다는 안으로 응축되는 외문기공이었다.

그래서 극성에 달하면 마치 푸른빛의 갑옷을 두른 것처럼 보인다고 하는데, 지금 위지건의 모습이 그랬다.

푸른 서기가 밖으로 뿜어지지 않고 피부 주변에서만 아지랑이처럼 아른거리고 있는 것이다.

적용사문도 그것을 느낀 모양이었다.

갸웃거리듯 고개를 살짝 한 번 더 비틀더니, 감탄했다.

"이거 아무래도 본인이 실례를 저지른 것 같소. 일개 문지기라고 과소평가했는데, 실로 귀하의 경지가 대단하구려. 사과드리오."

그래서 물러나겠다는 뜻은 아니었다.

말을 끝맺은 적용사문은 뽑아 든 장검을 그림처럼 휘돌려서 검신을 상박에 붙이는 역검의 자세를 취하며 재우쳐 말했다.

"대신 이제부터라도 예의를 다해서 상대해 드리리다."

그리고 더는 말이 없었다.

더 이상의 말은 필요 없다는 태도였다.

결과로 실력을 보여 주겠다는 각오가 느껴졌다.

그런데 그런 그의 검에는 검도 고수라면 마땅히 들어나야 할 검기성강의 기운이 없었다.

이건 무슨 뜻일까?

어떤 종류의 검법이란 것일까?

위지건이 오히려 평범해 보이는 그 모습에 반응해서 처음으로 긴장한 눈빛을 드러냈다.

그때 검영이 은근슬쩍 설무백의 곁으로 다가와서 걱정했다.

"사람들이 다칠 겁니다."

설무백은 대수롭지 않게 대꾸했다.

"그 정도 싸움밖에 못하는 자라면 내가 나설 이유도 없을 테지."

공야무륵이 맞장구를 쳤다.

"옳으신 말씀."

"주군이 나서고 안 나서고의 문제가 아니라……!"

검영이 눈살을 찌푸리며 격하게 반응하다가 문득 깨달은 듯 안색이 변해서 설무백을 바라보았다.

"그 정도 실력을 가졌다고 보는 건가요?"

설무백은 위지건과 적용사문의 대치에 시선을 고정한 채 어깨를 으쓱했다.

"뭐, 대충."

검영이 위지건과 대치한 적용사문에게 시선을 돌리며 물었다.

"사람들을 안 다치게 하려고 일부러 검기를 갈무리하고 싸우려는 거라고 보시는군요."

설무백은 의미심장한 미소를 지으며 대답했다.

"의지에 따라 얼마든지 순간적으로 검기를 발현할 자신이 있는 거겠지."

검영이 놀랐다.

"그 정도라면……!"

설무백이 말을 가로챘다.

"천하제일검인가?"

검영이 자못 매몰차게 부정했다.

"그 정도는 아니에요!"

설무백은 속으로 웃었다.

남해청조각과 북산현하각의 후예들이 알게 모르게 경쟁의식을 가지고 있다는 얘기를 들었는데, 과연 그런 모양이었다.

검후의 지위를 벗어던진 검영조차도 못내 북산현하각의 후예를 폄하하고 있지 않은가.

그때 대치하고 있던 두 사람이 적용사문의 선공으로 싸움을 시작했다.

적용사문의 쇄도에는 추호의 망설임이 없었다. 그리고 빨랐다.

위지건이 반응했다.

팔뚝 하나를 내밀어서 적용사문의 검을 막았다.

스캉-!

철판을 긁는 소음이 터지며 불꽃이 튀었다.

소맷자락이 잘려져서 흩날리며 드러낸 위지건의 팔뚝이 드러났다. 그의 팔뚝에는 일종의 토시처럼 거무튀튀한 강철비갑이 착용되어 있었다.

쇄도할 때만큼이나 빠르게 물러난 적용사문이 고개를 갸웃했다.

"철비갑인가?"

위지건이 대답 대신 누런 이를 드러내고 히죽 웃으며 적용사문을 덮쳐 갔다.

적용사문이 측면으로 미끄러지며 검을 휘둘렀다.

위지건의 오른쪽 어깨와 왼쪽 옆구리를 잇는 선을 따라서 그의 검극이 빛처럼 흘렀다.

위지건이 반사적으로 상체를 비틀어서 피하려 들었으나, 이번에는 늦었다.

하지만 결과는 다르지 않았다.

촤아악─!

위지건의 옷깃이 베어지며 드러난 그의 가슴은 멀쩡했다.

최강의 외문기공이라는 청우기공의 신위였다.

적용사문이 검을 가슴으로 당기며 재차 측면으로 미끄러졌다. 공격을 위함이 아니라 방어였다.

위지건이 어느새 손을 뻗어 내서 적용사문의 검신을 잡고 있었다. 미욱할 정도로 둔해 보이는 외모와 달리 더 없이 신속한 반격이었다.

스칵─!

적용사문의 검신이 위지건의 손아귀에서 빠져나갔다.

위지건의 손은 아무렇지도 않았다.

상식적으로는 손가락이 잘라져 나갔어야 마땅했는데, 그의 손바닥엔 무언가에 긁힌 것처럼 붉은 자국만 남았을 뿐이었다.

위지건은 그것만으로도 실망한 표정을 지었고, 이내 분노했다.

"어깨만 잔뜩 올라간 어스래기는 아니군."

적용사문은 감탄하고 있었다.

"대단하구려. 이런 외문기공은 실로 경험해 보지 못했소."

그리고 경고했다.

"하지만 이번에는 좀 다를 거요!"

말보다 빨리 움직인 적용사문의 신형이 어느새 위지건의 측면을 돌고 있었다.

외중에 신속하게 내밀어진 그의 검극이 위지건의 옆구리를 찔렀다. 검신으로 베는 것을 포기하고 검봉을 사용한 찌르기를 펼친 것이다.

그 순간에 명멸한 섬광은 검기성강의 기운이 분명해 보였는데…….

"음."

반격을 위해서 움직이던 위지건이 짧은 침음을 흘리며 기우뚱 뒤로 물러났다.

그의 옆구리에서 붉은 피가 비치고 있었다.

같은 검으로도 베는 것과 찌르는 것의 위력은 실로 천양지차(天壤之差)인 것이다.

베어서 안 되는 것도 찔러서는 뚫을 수가 있는 것인데, 하물며 검은 본디 도와 달리 찌르기에 특화된 무기였다.

적용사문은 그 강점을 살려서 처음으로 공격에 성공한 것이다.

위지건의 안색이 굳어졌다.

분노가 아니라 긴장이었다.

적용사문의 무위를 인정하고 보다 진지하게 싸움에 임하려는 태도이리라.

반면에 공격을 성공시킨 적용사문도 놀라고 있었다.

그는 자신의 검극을 손으로 매만지며 감탄했다.

"대단한 외문기공이구려. 다섯 치 두께의 한철판도 뚫어 버린 검봉인데, 고작 한 치도 미치지 못하다니, 실로 놀랍소."

놀라고 감탄하는 사람치고는 매우 침착한 모습이었다.

황당할 정도로 예기치 못한 사태와 직면해서도 절대 평정을 잃지 않고 있는 것이다.

깡깡—!

위지건이 위협하듯 혹은 사기를 올리려는 듯 두 팔목의 철비갑을 두드리며 나섰다.

적용사문이 감히 경시하지 못하겠다는 듯 역검의 자세를 취하고 있던 검극을 전면에 수평으로 내밀며 경계했다.

아니, 경계가 아니라 도발이었다.

원래부터 침착하고 평온한 모습이었으나 지금과 같은 상황에서도 변함없이 같은 모습이니, 위지건의 눈에는 얼마든지 공격해 보라는 태도로 보였다.

"······!"

그러나 위지건은 울컥하는 감정과 별개로 선뜻 나설 수가 없었다.

고요하기만 한 적용사문의 태세에는 어떻게 뚫고 들어갈 약점이 전혀 보이지 않았다.

앞으로 내밀어져서 수평을 이루고 있는 적용사문의 검이 마치 하나의 거대한 벽과 같이 느껴졌다.

위지건은 의지와 무관하게 적용사문의 기세에 눌려서 자칫 한 발 물러설 뻔하다가 이내 간신히 버티고 섰다.

그의 눈가에 파르르 경련이 일어났다.

아무래도 자신이 한 수 아래인 것을 그는 이 순간 느끼고 있었다.

그러나 이대로 물러날 수는 없었다.

아직 싸울 여력이 충분히 남아 있었다.

그리고 지닌 바 여력을 다 발휘한다면 적어도 지지 않을 자신감도 충만했다.

전력을 다하지 않아서 그렇지, 전력을 다한다면 풍잔에서 그보다 상위 서열인 그 누구와도 능히 견줄 수 있는 무위를 가지고 있다고 자부하는 것이 그의 자신감이자, 패기인 것이다.

'잠시 불리할지는 몰라도 결국 이기는 건 나다!'

위지건은 자세를 낮추고 전신의 공력을 끌어 올리며 두 팔을 펼쳤다. 무엇보다도 기세에 눌려서는 안 되고, 그러려면 최선의 방책은 선제공격이었다.

그때, 그가 공격하기 직전인 순간에 그와 적용사문의 검 사이에 누군가가 유령처럼 홀연히 나타났다.

"그만. 더 하면 크게 다치겠다."

설무백이었다.

설무백의 개입은 장내의 그 누구도 감지하지 못했을 정도로 홀연했다.

대화를 나누느라 바로 옆에 붙어 있던 검영조차도 위지건과 적용사문 사이에 그가 나타났을 때야 알아차렸을 정도였다.

위지건은 하마터면 설무백을 공격할 뻔했다.

흠칫 놀라는 것으로 봐서 적용사문도 마찬가지였던 것 같았다.

그러나 위지건이 그렇듯 적용사문 역시 움찔했을 뿐 움직이지 않았다.

상당히 놀란 그들, 두 사람은 뒤늦게 태세를 풀고 검을 거두는 행동을 보였고, 장내의 구경꾼들도 그제야 그들 사이에 설무백이 나타났음을 인지했다.

"와……!"

사방에서 감탄이 터졌다.

여기저기서 흑선인(黑仙人)이라는 말도 심심치 않게 튀어나왔다.

난주사람들이 풍잔은 용담호굴이고, 거기 주인인 설무백은 학발동안(鶴髮童顔)의 흑선인이라고 부르는 것은 어제오늘 일이 아니었다.

흑사신 혹은 사신이라고 불리는 그의 별호를 그렇듯 부드럽게 돌려서 말하는 것이다.

그러나 그런 장내의 분위기와 상관없이 당사자들인 위지건과 적용사문은 다른 것에 더 관심을 두었다.

위지건이 물었다.

"누가 다치죠?"

적용사문도 그쪽에 관심을 보였다.

"본인도 그게 궁금하오, 설 대협. 저 친구를 넘어서야 설 대협과 비무할 자격이 주어진다고 했으니 말이오."

과연 적용사문은 순간적으로 자신의 싸움에 개입한 사람이 설무백임을 이미 간파한 모습이었다.

설무백은 새삼 그에 감탄하면서도 냉정하게 그들, 두 사람을 번갈아 보며 대꾸했다.

"누가 다치긴, 너희 둘 다 다치지. 누구 하나 다치는 게 싫어서 내가 개입했을 테니까."

그들의 싸움이 벌어지면 누구 하나가 다칠 것이고, 그게 싫어서 그가 개입하면 그들, 두 사람 다 다쳤을 거라는 소리였다.

"아……!"

위지건이 단순하고 우직한 수하답게 바로 인정했다.

적용사문은 인정하지 않았다.

"그게 사실인지 확인해 보고 싶은 마음이 드는 게 검을 다루는 사람으로서 잘못은 아니겠지요?"

"잘못이야."

설무백은 잘라 말했다.

"사람을 보는 눈이 없는 거니까."

그 말을 들은 사람들이 놀랐다.

때론 거짓말보다 진실이 더 사람을 자극하고 분노하게 만드는 법이다.

잘생긴 사람에게 못생겼다고 하면 농이 되지만, 못생긴 사람에게 못생겼다고 하면 욕이 되는 것이다.

비록 그것이 진실을 말한 것일지라도 말이다.

그러나 적용사문은 화를 내지 않았다. 대신 특유의 밝은 미소를 지어서 주변을 환하게 만들며 대답했다.

"그게 본인의 부족함이자 최고의 단점이오. 보이지 않으니 직접 느끼는 방법밖에 없소. 그러니 부디 그걸 느낄 수 있도록 가르침을 주길 바라오."

설무백은 짧게 거절했다.

"싫어."

적용사문이 당황한 기색을 드러냈다.

이렇듯 직설적인 거절은 예상치 못한 것 같았다.

그는 잠시 머뭇거리다가 이에는 이라는 식인지 직설적으로
물었다.

"왜 싫소?"

설무백은 대수롭지 않게 대꾸했다.

"내 식구도 아닌 사람에게 내가 왜 가르침을 주겠나?"

적용사문이 안색을 굳혔다.

"지금 나와 말장난을 하는 것이오?"

설무백은 시큰둥하게 되물었다.

"내가 그리 한가한 사람으로 보이나?"

적용사문이 도무지 모르겠다는 표정이다가 이내 표정을 풀
며 말했다.

"과연 설 대협은 본인이 아는 잣대로 생각해서는 안 되는 인
물이구려. 그럼 다시 말하겠소. 내가 어떻게 해야 설 대협의 가
르침을 받을 수 있겠소?"

설무백은 무심히 주변을 둘러보며 대답했다.

"우리 애들이 꽤나 노력은 하고 있지만, 지금 이곳에 모인 사
람들 중에 과연 몇이나 적의 첩자인지는 아무도 몰라. 그러니
일단 들어가서 얘기해 보도록 하지."

"아……!"

적용사문은 이제야 자신이 기본적인 문제를 간과하고 있었

천외천의
주인

다는 사실을 깨달으며 난감한 기색을 드러냈다.

설무백은 픽 웃으며 돌아섰다.

"율법이니 뭐니 해서 세상 구경 못해 본 사람이 뭘 알겠나. 일단 들어가지."

적용사문이 두말없이 뒤를 따랐다.

공야무륵과 검영 등이 그 뒤에 붙었다.

설무백은 그들을 이끌고 풍잔의 대문을 넘어서 자신의 거처로 향하다가 잠시 멈추었다.

중정의 길목에서 검노와 예충, 쌍노, 반천오객 등과 함께 나서는 혈뇌사야와 마주쳤던 것이다.

"노인네들끼리 단합대회라도 여셨습니까?"

"뭐, 대충 그렇지요."

예충이 대충 얼버무리며 대답하고는 슬쩍 설무백의 뒤를 따르는 적용사문에게 시선을 주었다.

"대문간에서 소란을 피운 게 저 녀석이었나요?"

설무백은 웃는 낯으로 소개했다.

"북산현하각의 적용사문이야. 내게 볼일이 있다는군."

예충이 놀란 표정을 지었다.

검노와 쌍노 등도 같은 표정으로 적용사문을 훑어보았다.

"혹시 검군……?"

"몰라, 아직."

설무백이 대수롭지 않게 대꾸하는 참인데, 적용사문이 문득 긴장하며 검 자루를 잡았다.

"마기가……!"

설무백은 이채로운 눈빛으로 변해서 적용사문을 바라보았다.

지금 적용사문은 혈뇌사야의 마기에 반응하고 있었다.

극마지체에 진입해서 그가 의도하지 않는 한 여태 그와 몇몇 고수들 이외에는 전혀 간파하지 못한 혈뇌사야의 마기를 간파한 것이다.

내색을 삼간 그는 슬쩍 손을 내밀어서 약간 뽑히려는 적용사문의 검을 지그시 누르며 면박을 주었다.

"세상 구경 못해 본 티내지 말고 가만히 있어라."

적용사문이 사선으로 비틀어진 고개를 갸웃했다.

당황하고 어리둥절해하는 모습인데, 모든 감각이 혈뇌사야에게 집중되어 있는 것을 느낄 수 있었다.

혈뇌사야가 그런 적용사문을 눈여겨보며 감탄했다.

"과연 중원에는 인재가 많군요."

환사가 투덜거렸다.

"그런 놈들이 죄다 주군을 찾아와서 탈이지. 이젠 내 밥그릇 걱정까지 하게 생겼다니까 글쎄?"

설무백은 혈뇌사야에게 격의 없이 말하는 환사의 태도에 내심 흡족해하며 말했다.

"별일 아니니 볼일 보세요."

검노가 불쑥 물었다.

"이 늙은 종복도 같이 가면 안 될까요? 북산현하각의 제자라면 꽤나 흥미로워서 말입니다."

검객의 촉이 발동한 것일까?

검노는 시종일관 예사롭지 않는 눈빛으로 적용사문을 주시하고 있었다.

설무백은 손을 휘휘 내저었다.

"가서 하던 일마저 하세요, 어서."

검노가 아쉽다는 듯 입맛을 다셨다.

예충도 관심을 가진 눈치다가 물러서고, 쌍노와 혈뇌사야도 마지못한 표정으로 물러났다.

반천오객의 묵면화상이 물러나는 일견도인과 무진행자를 뒤로하고 잠시 머뭇거리며 설무백의 눈치를 보다가 나서며 말했다.

"저기, 이건 다른 얘기인데, 독화원(毒花院)에 한번 들러 주셔야 할 것 같습니다."

독화원은 풍잔의 후원에 자리한 오독문의 독후 이이아스의 거처였다.

설무백은 또 지난처럼 혼례 얘기를 하는 건가 싶어서 눈살을 찌푸리다가 이내 적잖게 근심 어린 묵면화상의 기색을 보고는 물었다.

"무슨 일이에요?"

묵면화상이 어색한 미소를 흘리며 대답했다.

"전에도 한번 말씀드린 적이 있습니다만, 이이아스는 완벽한 독인이 아닙니다. 반쪽짜리 독인이지요."

설무백도 들어서 익히 잘 아는 얘기였다.

이이아스는 체내의 독기를 통제하고, 내재된 독기를 끌어 올려 독공을 운기할 수도 있는 화후에 달해 있긴 하지만, 결정적으로 독신일체를 이루지 못했다.

따라서 이이아스의 생명은 독에 의지하고 있는데, 주기적으로, 정확히 계산하면 대략 보름에 한 번 정도로 일정량의 독을 섭취하지 않으면 발작을 일으키게 되고, 당연하게도 그대로 방치하면 죽음을 맞이한다.

그리고 또 그는 알고 있었다.

이이아스가 그와 같은 금제를 벗어나려면 완전한 독인이 되어야 하는데, 아쉽게도 지금의 그녀에겐 방법이 없었다.

그녀를 완전한 독인으로 만들 수 있는 오독문의 조사, 독왕의 독공이 소실되었기 때문이다.

"나름 독물의 섭취를 늘렸다 줄였다 하며 독인의 경지와 무관하게 금제라도 벗어나려고 애쓰고 있는데, 그게 오히려 그녀에게는 독이지요. 얼마 전에는 실로 주화입마 직전까지 사태도 벌어졌었습니다."

"음."

설무백은 절로 침음을 흘렸다.

다른 말이 없어서 이이아스가 나름 잘해 내고 있는 줄 알았는데, 그저 다들 쉬쉬하며 드러내지 않았을 뿐이었던 것이다.

"독왕과 같은 경지, 그러니까 독중지성만이 그녀의 금제를 해결해 줄 수 있다지? 내가 어찌어찌 해서 만독불침의 몸이긴 하나, 그런 쪽으로는 전혀 아는 바가……!"

"그녀의 금제를 풀어 달라는 얘기가 아닙니다. 그건 주군으로서도 가능하지 않은 일임을 잘 알고 있습니다. 저는 다만 그녀가 혼자가 아니라는 것을 느끼게 해 주십사 하는 겁니다."

"……."

설무백은 가만히 고개를 끄덕이는 것으로 수긍했다.

"알았어요. 시간을 내서 한번 찾아가 보도록 할게요."

묵면화상의 인상이 그제야 활짝 펴졌다.

"정말 기뻐할 겁니다."

설무백은 어째 의미심장하게 들리는 말이라 멋쩍어하면서도 더는 논하지 않고 돌아섰다.

적용사문이 그런 그의 뒤에 바싹 붙으며 물었다.

"만독불침이오?"

설무백은 의아해하며 농을 던졌다.

"왜? 내가 만독불침이면 안 되나?"

적용사문이 어깨를 으쓱했다.

"신기해서 그렇소. 혹시나 음흉스럽다고 할까 봐 미리 밝혀 두는데, 설 대현, 귀하에 대해서 나름 많이 조사했소. 그런데 귀하를 알면 알수록 신기합디다. 양가창의 후예로, 신창의 경지에 달했고, 기공을 주로 쓰지만, 검을 쓰는데 있어서도 초극의 경지를 보인다고 하더이다. 거기에 만독불침이라니, 어찌 인간이 그처럼 다양한 부분에서 두각을 보일 수 있는 것인지 실로 알다가도 모르겠소."

설무백은 피식 웃으며 말했다.

"알려고 들지 마. 당신은 나 같은 사람을 들은 적은 없고, 본 적도 없을 거야. 그게 나니까, 그냥 적응해."

"실로 광오하구려."

"광오할 만하니까."

적용사문이 말문이 막힌 표정, 어이없는 기색으로 설무백을 주시했다.

아무리 봐도 앞을 보지 못하는 맹인의 태도가 아니었다.

보석 같이 빛나는 두 눈빛 때문에 더욱 그랬다.

그때 뒤따르던 제갈명이 어리둥절해하며 나섰다.

"여긴 거처로 가는 길이 아닌데요?"

"거처로 가는 게 아니니까."

설무백은 대수롭지 않게 말을 자르며 물었다.

"비풍이나 무일 등, 애들이 수련하는 시간이 지금 맞지?"

제갈명이 예리하게 설무백의 의도를 파악한 듯 반색하며 대답했다.

"예, 맞습니다. 지금쯤이면 거의 다 풍무관에 모여 있을 겁니

천외천의
주인

다. 애들에게 정말 지대한 도움이 되겠네요."

그랬다.

설무백은 지금 거처가 아니라 실내 연무장인 풍무관으로 향하는 중이었다.

적용사문이 무슨 말인지 이해하지 못한 듯 고개를 갸웃했다.

설무백은 그에 아랑곳하지 않고 발길을 서둘러서 풍무관으로 갔다.

제갈명의 말마따나 풍무관에는 비풍과 단예사, 무일, 모용자무 등인 풍잔의 신성들이 모여 있었다.

그리고 오늘 그들을 지도하는 무공교두는 풍사였다.

대문에서 소란이 났는데도 풍사의 모습이 보이지 않았던 것이 그 때문이었던 것이다.

"어쩐 일로 이 시간에 여길 다……?"

설무백은 반가워하면서도 어리둥절해서 맞이하는 풍사를 향해 의미심장한 미소를 지으며 말했다.

"자라는 애들에게 전직 검후와 현직 검군의 비무 좀 구경시켜 주려고."

그리고 뒤따라 들어온 적용사문과 검영을 번갈아 보며 물었다.

"괜찮지?"

지난날 제갈명은 사람들의 수군거림을 근거로 풍잔의 고수들에게 저마다 그럴 듯한 명칭을 부여하고는 설무백에게 알려 준 적이 있었다.

저마다 독특한 개성을 가진 풍잔의 고수들을 나름 비슷한 유형의 고수들끼리 한데 묶어서 호칭하는 것인데, 내용을 살펴보면 이랬다.

초고의 연장자들이자 최고수들은 검노와 환사, 천월, 담태파야, 묵면화상, 일견도인, 무진행자, 잔월을 팔대노신(八大老神)으로 묶고, 특별한 경우가 아니라면 좀처럼 모습을 드러내지 않는 혈영과 흑영, 백영은 삼대비영(三大秘影)이다.

빼어난 미모의 여협들인 요미와, 화사, 검매, 대력귀는 사대신기(四大神奇)이고, 풍잔의 실세 겸인 풍사와 공야무륵, 융사, 철마립, 위지건은 오대신수(五大神秀)이며, 내색은 삼가도 살기기 짙은 사사무와 제연청, 사도, 천살, 지살, 금혼살은 육대비살(六大秘殺)이다.

후기지수의 선두를 다투는 비풍과 동곽무, 단예사, 무일, 정기룡, 모용자무, 손지량은 칠대신성(七大新星)이며, 뒤늦게 풍잔의 식구가 되었으나 뛰어난 무력을 자랑하는 적우와 부소, 가등, 이신, 이마, 이요, 유당, 손지량은 팔대무생(八大武生)이다.

다만 여기에는 뒤늦게 풍잔에 합류한 철각사와 철면신, 검영, 태양신마 등이 빠졌는데, 이후에 그들은 오대식객(五大食客)이라고 불렀다.

그런 호칭에 준해서, 지금 풍잔의 실내연무장인 풍무관에는 연무를 위해서 장강의 하백에게 보내진 동곽무를 제외한 칠대 신성의 여섯이 자리하고 있었다.

비풍과 단예사, 무일, 정기룡, 모용자무, 손지량이 바로 그들이었다. 그리고 그들 모두가 설무백의 말을 듣기 무섭게 기대에 차서 저마다 두 눈을 별처럼 초롱초롱하게 빛내고 있었다.

실력은 차치하고, 무공에 대한 열의만큼은 풍잔에서 그들을 따라갈 사람이 없는 것이다.

적용사문은 그것을 느꼈다.

'풍잔은 실로 용담호굴이구나!'

내색은 삼갔으나, 그는 앞서 길목에서 마주친 검노 등의 기운에 몸서리칠 정도로 경악했었다.

누군지 정확한 정체를 모르는 그들 중 누구 하나도 그가 만만히 볼 상대가 아니었다.

그런데 지금도 그랬다.

분명 혈기방장한 젊은 신진들로 느껴지는데, 누구 하나 범상치 않은 자가 없었다.

마음의 눈을 가진, 바로 심안(心眼)을 가졌으며, 도술의 범주에 속하는 독심술(讀心術)의 일종인 관심통(觀心通)을 터득한 그는 대번에 그것을 느낄 수 있었다.

싸워서 이기지 못할 상대라는 느낌은 아니지만, 이기려면 마땅히 적잖은 손해를 감수해야 할 자들이라는 느낌이었다.

게다가 지금 설무백은 그의 상대가 검후라고 했다.

전직 검후라는 것이 어떤 의미를 내포하는 것인지는 몰라도, 설무백이 허황된 말을 하는 것은 아닐 터였다.

설무백은 그 정도 흰소리를 아무렇지도 않게 내뱉을 사람이 아니다.

아직 그의 관심통이 절정에 달하지는 않았어도, 그 정도는 능히 파악할 수 있었다.

그 때문이었다.

적용사문은 나서지 않을 수 없었다.

"이것도 설 대협, 귀하에게 가는 길이라면 마땅히 받아들이도록 하겠소."

설무백은 대답 대신 묵묵히 검영을 바라보았다.

검영은 애초부터 망설이는 기색이 역력했기 때문인데, 이 순간 안색이 변해 있었다.

아마도 적용사문이 나섰기 때문일 것이다.

적용사문이 설무백의 말을 듣고 두말없이 나섰다는 것은 자신이 검군임을 인정하는 것이기 때문이다.

"저도 나서지 않을 수 없겠네요. 대신 전대 검후가 아니라 검영으로서 나서는 겁니다."

강한 부정은 오히려 긍정이라고 했던가?

이유야 어쨌든, 검영이 나서며 검을 뽑아 들었다.

적용사문이 반응해서 마주 검을 뽑으며 대치했다.

장내가 흥미로운 기대 속에 숨을 죽였다.

사선으로 기울어진 적용사문의 미간이 그 순간에 살짝 찌푸려졌다. 의지와 무관하게 발동하는 독심술 때문이었다.

세상 천지만물은 장점이 있으면 단점도 가지게 마련이다.

그가 터득한 독심술인 관심통도 그랬다.

그가 뼈를 깎는 정진 끝에 타인의 마음을 읽는 관심통을 익힌 것은 축복이자, 저주였다.

누가 옳고 누가 그른지, 누가 적이고 누가 내 편인지, 어디가 안전하고 어디가 위험한지 알 수 있는 관심통은 때로 스스로의 목숨을 구할 수 있을 정도로 유용하지만, 차라리 모르는 것이 더 좋았을 일도 절로 알게 되어서 난감하고 곤혹스러울 때가 적지 않았다.

그리고 그건 그가 심력을 극대화할수록, 또한 상대가 그에게 집중할수록 심하게 드러나는데, 지금이 그런 경우였다.

지금 장내에 있는 모든 사람들의 관심이 그에게 집중되고 있는 것이다.

호기심과 흥분으로 점철된 그들 모두의 사념(思念)과 사견(私見)이 그의 뇌리를 파고들었다.

'보다 더 정진했을 것을⋯⋯!'

적용사문은 슬며시 특유의 역검의 태세를 취하며 검공에 집중한다는 빌미로 관심통 수련에 등한시한 자신을 질책했다.

관심통의 시작은 상대 한 사람의 내면을 읽은 것이며, 수련을 많이 쌓을수록 많은 무리의 생각을 단번에 꿰뚫을 수 있고,

심지어는 동물의 마음까지 알 수 있다.

지금 그는 후자의 단계인데, 보다 심혈을 기울인 정진을 통해 심득을 얻어야만 비로소 그 자신이 원하는 상대나 무리의 내면만을 꿰뚫어 보는 경지에 도달할 수 있는 것이다.

아무튼, 그런 면에서 볼 때, 전대 검후라는 검영은 대단했다.

지금 검영은 그에게 집중하고 있음이 분명함에도 정확한 사념이 읽히지 않고 있었다.

나무를 보는 것이 아니라 숲을 보는 것처럼 냉정하게 평정심을 유지한 채 그를 바라보고 있다는 뜻이리라.

적용사문은 애써 들이치는 사념을 통제하며 그런 검영에게 집중했다.

검영이 그때 움직였다.

쐐애액—!

빨랐다. 그리고 예리했다.

낮은 자세로 미끄러지며 거칠고도 신속하게 공기를 가르고 쇄도하는 그녀의 검극이 역검의 자세인 그가 가장 방어하기 어려운 측면의 옆구리를 노렸다.

싸움에 임하기 전에는 잔잔한 호수처럼 고요하기만 하던 그녀가 일단 싸움에 나서자 폭풍처럼 사납고 파괴적인 기세가 비산했다.

적용사문은 마저 전진하며 검을 휘둘렀다.

역검의 자세에서 반원을 그리며 펼쳐진 그의 검이 쇄도하는 검영의 검을 측면에서부터 걷어냈다.

쩡-!

거친 금속성이 터졌다.

조각난 검기가 사방으로 비산하는 가운데, 한데 얽혀서 사선으로 미끄러진 그들의 검이 바닥을 때렸다.

불꽃이 튀기며 하나처럼 붙은 그들의 검극이 대리석 바닥을 두부처럼 파고 들어갔다.

두 사람이 하나처럼 동시에 뒤로 물러났다.

빙판을 미끄러지는 것처럼 유연해 보이는 그들의 모습이 흐릿해졌다.

동시에 도약이었다.

채챙-!

열 길이 넘는 풍무관의 천장 바로 아래서 예의 거친 금속성이 터지고 섬광이 명멸했다.

불꽃과 검기의 비산이었다.

마주친 두 사람의 신형이 서로 자리를 바꾸어서 바닥으로 내렸다. 그리고 다시 날아올랐다.

챙! 채챙-!

다시금 거친 금속성에 이은 불꽃이 장내를 밝히는 가운데, 두 사람의 신형이 본래의 자리로 내려섰다.

적용사문이 내달려서 검영의 옆으로 다가서며 검을 휘둘렀다.

검영이 마주서며 검을 내밀어서 막았다.

예의 금속성이 다시 터지고, 검영의 뒤로 돌아가려던 적용사문의 길이 막혔다.

적용사문이 그대로 검영의 옆을 지나쳤다.

검영이 유연한 동작으로 반응해서 그런 그를 따라갔다.

두 사람이 서로를 마주 본 채 옆으로 미끄러지듯 움직이며 검을 교환했다.

사람의 시야로 따라갈 수 없이 빠르게 움직이는 검극과 검극이 현란한 불꽃을 일으켰다.

거친 금속성과 마찰음이 연달아 이어지는 가운데, 그들의 신형이 벽에 다다랐다.

누가 먼저랄 것도 없이 동시에 벽을 차고 날아오른 그들이 허공에서 다시 격돌했다.

챙! 채채챙-!

파괴적인 경기의 비산이 장내를 눈부시게 뒤덮었다.

무지막지한 금속성이 풍무관을 뒤흔들었다.

그 뒤로 잠시 떨어지며 거리를 벌리던 두 사람이 재차 지상을 박차고 날아올랐다.

그림자처럼 흐릿한 두 사람의 신형이 천장 바로 아래 허공에서 그림처럼 교차했다.

동시에 지상으로 내려선 그들이 다시금 동시에 쇄도해서 검극을 마주했다.

쩡—!

검극과 검극이 격돌하며 검기의 폭발을 일으켰다.

이번에 그들은 물러나지 않았다.

싸움을 시작한 이후, 그들의 모습이 처음으로 선명해진 순간이었다.

검극과 검극이 힘겨루기라도 하듯 직선으로 마주 붙어 있었고, 거기서 발산되는 검기가 예리하게 비산하며, 검들이 소리 내서 우는 것처럼 장내의 공기가 우렁우렁 울렸다.

순간이 영혼처럼 길게 흘렀다.

설무백이 그 순간의 끝을 잡고 나섰다.

"여기까지!"

누가 먼저랄 것도 없이 동시에 반응한 적용사문과 검영이 튕기듯이 거리를 벌리며 물러났다.

설무백은 그사이로 끼어들며 말했다.

"무승부다!"

검영이 불만을 토로했다.

"제가 앞서는 중이라고 생각했습니다만?"

슬쩍 내밀어진 그녀의 검극이 적용사문의 소매를 가리켰다.

적용사문의 소맷자락이 길게 찢어져서 나풀거리고 있었다.

설무백은 픽 웃으며 턱짓을 했다.

검영이 반사적으로 자신의 몸을 살피고는 미간을 찌푸렸다.

그녀의 옆구리 옷깃이 길게 갈라져 있음을 그제야 발견한 것이다.

그때 적용사문이 그녀를 향해 물었다.

"설 대협과 겨뤄 본 적이 있소?"

검영이 무슨 생각으로 그런 질문을 던지는지 안다는 듯 미온한 미소를 지으며 대답했다.

"있어요."

적용사문이 조심스럽게 물었다.

"본인이 그 결과를 알아도 되겠소?"

"참, 정성스럽게도 묻네."

검영이 실소하며 대답해 주었다.

"장하게도 제가 다섯 합이나 버텼죠."

적용사문이 당황했다.

"자, 장하게도……?"

"장한 거예요. 우리 풍잔에서 주군과 일 합을 나눌 수 있는 사람은 손꼽히니까요. 물론 지금은 저도 그렇고요. 그때는 주군이 사정을 좀 봐준 셈이죠."

"……!"

크게 당황하던 적용사문의 얼굴이 참담하게 일그러졌다.

그는 못내 강하게 부정했다.

"믿을 수 없소!"

검영이 웃었다.

비웃음이었다.

그때 풍사가 나서며 비풍과 단예사 등 칠대신성을 돌아보며 물었다.

　　"다들 잘 봤지? 누구 한번 비벼 볼 사람?"

　　제갈명과 판박이처럼 나서기 좋아하고 말하기 좋아하는 비풍이 헤헤 웃으며 대답했다.

　　"저는 포기고, 무일은 무공의 상성이 좋지 않아서 부족하니, 단예사나 모용자무, 정기룡이라면 한번 비벼 볼 만할 겁니다."

　　풍사의 시선이 단예사와 모용자무, 정기룡에게 돌려졌다.

　　모용자무가 급히 고개를 숙이고 물러나며 사양했다.

　　"저는 아직 내공이 부족하고, 기환쌍절검의 화후도 모자랍니다."

　　풍사가 고개를 끄덕이는 것으로 수긍하며 단예사와 정기룡을 번갈아 보았다.

　　"너희들은?"

　　단예사와 정기룡이 다부지게 같은 대답을 했다.

　　"기회만 주신다면……!"

　　풍사가 기꺼운 표정으로 웃고는 적용사문에게 시선을 고정하며 말했다.

　　"귀하의 검공을 폄하할 생각은 없지만, 여기 사정이 이래. 귀하의 검은 애들의 눈에도 보일 정도로 아직 완성되지 않았다는 뜻이지. 물론 귀하나 애들이 약하다는 뜻이 아니라, 귀하는 아직 주군을 넘볼 주제가 못 된다는 얘기를 하려는 거야."

적용사문이 함구했다.

하지만 그의 기세는 전혀 누그러지지 않았다.

그 순간에 설무백의 그림자에서 요미가 얼굴을 내밀었다.

"저기 나는 안 될까요, 오라버니? 비벼 볼 수준이 아니라 상대할 자신 있는데?"

풍사가 웃는 낯으로 설무백의 말을 가로챘다.

"글쎄 여기 사정이 이렇다니까?"

설무백은 슬쩍 내민 손바닥으로 요미의 머리를 지그시 눌러서 다시 그림자 속으로 넣으며 적용사문을 직시했다.

"더 이상의 비무는 없으니 신경 쓰지 마. 대신 나 역시 너와는 싸우지 않을 거다. 역경을 딛고 일어난다는 게 좋긴 하지만, 많은 시간이 필요한 일이거든. 물론 너를 두고 하는 말이야."

그리고 정색하며 재우쳐 물었다.

"그러니 이제 진실을 말해 봐. 밑도 끝도 없이 왜 나를 찾아온 거야? 다리에 입은 그 상처는 또 뭐고?"

천하제일의
주인

남해삼십육검 南海三十六劍

사실이었다.

적용사문은 다리에, 정확히는 발목에 상처를 입고 있었다.

얼마나 깊은 상처인지는 모르겠으나, 그가 포대처럼 헐렁한 의복과 어울리지 않게 필요 이상으로 높게 각반을 싸맨 이유가 그 때문이었다.

처음에는 그저 특이하다고만 생각하던 설무백은 격전의 와중에 붉은 핏물의 흔적을 드러내는 각반을 보고서야 그것이 상처를 동여매기 위함이라는 것을 알았다.

"……!"

적용사문이 적잖게 놀라고 당황한 기색이다가 이내 억눌린 것처럼 힘겨운 목소리로 대답했다.

"북산현하각은 괴멸했소. 마교의 기습이었소. 우리는 막을 수 없었고, 천우신조로 살아남은 형제들은 나를 살리기 위해서 몸을 던졌소. 나는, 나는 형제들의 살신성인을 외면한 채 꽁지가 빠지게 도망쳐서 여기로 온 거요."

설무백은 혹시나 했던 적용사문의 충격적인 고백 앞에서 절로 내심 몸서리를 쳤다.

그간 마교의 잠잠함을 조금 이상하게 여기기는 했으나, 그만한 이유가 있기에 그냥 그러려니 하고 있었다.

그런데 아니었다.

마교는 잠잠한 것이 아니라 어둠 속에서 중원 정복을 위한 야욕을 착실하게 이행하고 있었던 것이다.

처연한 표정을 짓고 있던 적용사문이 이내 힘을 낸 듯 어색하게나마 미소를 지으며 다시 말했다.

"혹시 본인이 풍잔에 몸을 의탁해도 되겠소?"

설무백이 뭐라고 대답하기도 전에 풀죽은 적용사문의 모습에 눈살을 찌푸리던 검영이 투덜거리며 자리를 떠났다.

"오늘 비무는 무효. 온전한 몸일 때 다시 하도록 하지."

설무백은 싱긋 웃으며 말했다.

"우리 풍잔은 오는 사람 마다하지 않고, 가는 사람을 붙잡지 않는 것으로 유명하지. 잘 왔어. 앞으로 잘해 보자고."

적용사문이 반색하다가 문득 고개를 갸웃거리며 물었다.

"그런데 저기…… 아까부터 내내 궁금했는데, 귀하가 언제부터 내게 반말을 한 거요?"

"내가 전에는 안 그랬나?"

설무백은 멋쩍게 대꾸하고는 뒤통수를 긁적거렸다.

사람의 이름이나 관계는 좀처럼 기억이 희미한 그인 것이다.

밖으로 나갔던 검영이 머쓱한 모습으로 다시 들어온 것은 바로 그때였다.

그녀의 뒤에는 문지기 위지건의 예하인 부소가 따르고 있었다.

"주군을 찾는 손님이 또 와서 위지건과 실랑이를 벌이고 있다는데요?"

설무백은 실소하며 물었다.

"이번엔 또 누군데?"

부소가 대답했다.

"해남검파의 적사연입니다!"

설무백의 뒤에서 제갈명이 반색했다.

"경사 났네."

적용사문과의 대화를 아직 마무리 짓지 못해서 자리를 떠날 생각이 없었던 설무백은 슬쩍 제갈명에게 눈총을 주고 이내 적용사문을 돌아보며 물었다.

"아는지 모르겠지만, 적사연은 꽤나 뛰어난 검객이지. 관심 있으면 같이 가 볼래?"

적용사문이 즉시 따라나섰다.

"가겠소."

설무백은 와중에도 뛰어난 검객이라는 말이 눈을 빛내며 나서는 적용사문을 보고 피식 웃으며 발길을 재촉해서 대문으로 갔다.

대문 밖에서는 흩어졌던 군중이 다시 모이기 시작하는 가운데, 앞서 적용사문의 경우를 재현하는 것처럼 위지건과 적사연이 대치하고 있었다.

적사연이 짙게 휘어진 눈썹과 갸름하면서도 높은 콧대, 선이 짙은 입술의 조화가 적용사문처럼 수려하고 곱게 자란 귀공자를 연상케 하는 용모라 더욱 그렇게 보였다.

설무백은 그 광경을 보자마자 이번에는 적용사문의 경우와 달리 바로 참견했다.

"쟤는 이름도 밝혔고, 또 아는 처지인데, 왜 막아선 거야?"

위지건에게 묻는 말이었다.

위지건이 시근거리며 대답했다.

"주군에게 비무를 청하니, 아는 처지라도 나서지 않을 수 없지요. 개나 소나 다 주군에게 비무를 청하는 꼴은 제가 눈뜨고 못 보겠습니다."

졸지에 개나 소가 되어 버린 적사연이 실소하며 뭐 이런 놈이 다 있나 싶은 눈빛으로 위지건을 노려보았다.

여차하면 당장에라도 칼을 뽑을 기세였다.

설무백은 한숨을 내쉬며 그런 적사연을 향해 물었다.

"내가 애써 해 준 충고도 저버린 너는 왜 이 중인환시리에 찾아와서 나와 비무를 하고 싶은 건데?"

지난날 설무백은 해남검파의 일월비천검 반천양과 비무한 장소에서 적사연에게 해남도로 돌아가서 적어도 수년 간 정진하라는 권고를 했었다.

하지만 적사연은 그의 충고를 무시한 듯 해남도로 돌아가지 않았으며, 오히려 보란 듯이 더 적극적으로 무림의 일에 나서고 있었다.

설무백은 어쩌면 그것이 적사연의 의지와 무관하게 벌어진 일일 수도 있다고 생각했고, 결과적으로 나쁘지 않은 판단이었다는 결론을 내린 후라 불만은 없지만, 어쨌든 상황이 그래서 무심결에 그 얘기가 나간 것이다.

"……."

적사연이 대번에 소침해졌다.

사람은 상대적인 것이다.

위지건과 대치했을 때는 더 없이 거칠고 삭막해 보이던 그가 설무백과 마주 서자 순한 양처럼 보였다.

그 상태로, 그가 변명처럼 대답했다.

"귀하의 충고를 저버린 적 없소. 당시의 본인은 그저 장문인의 명령을 거역할 수 없었을 뿐이오."

"당시에는?"

설무백은 고개를 갸웃하며 재우쳐 물었다.

"지금은 본인의 의지로 나를 찾아왔다는 건가?"

적사연이 인정했다.

"그렇소."

"왜? 무슨 이유로?"

"귀하의 충고에 따라 수련에 정진하기 위해서요."

설무백은 쓰게 입맛을 다셨다.

"좀 쉽게 설명해 주지? 나를 찾아오는 것과 수련에 정진하는 것이 무슨 상관이 있다는 거야? 설마 나와의 비무가 네 수련에 그만큼 도움을 준다는, 그런 하찮은 얘기는 아니겠지?"

적사연이 말했다.

"그것도 상당한 도움이 되는 일이긴 하나, 그보다는 귀하의 곁에서 귀하를 지켜보기 위함이오."

"나를…… 곁에서 지켜본다고?"

"귀하는 본인이 아는 최강의 무인이오. 귀하의 일상, 일거수일투족을 지켜보는 것만으로도 본인의 수련에 막대한 도움을 줄 것이라고 믿어 의심치 않소."

설무백은 어이없는 표정으로 실소했다.

적사연이 하도 당당하게 말하니, 오히려 그걸 이상하게 느끼는 자신이 잘못된 건가 하는 생각마저 들었다.

"이봐, 이봐, 적 가. 너 보기보다 뻔뻔하구나? 나를 곁에서 지켜보는 게 정말로 네게 도움이 된다고 쳐. 그런데 너 정말 내가 그걸 허락할 거라고 생각하고 찾아온 거야?"

적사연이 당당하게 대답했다.

"그래서 비무를 신청하는 거요. 내가 곁에 두고 부릴 만한 능력을 갖추고 있다는 것을 귀하에게 증명하기 위해서 말이오."

설무백은 새삼 황당한 표정을 지으며 눈을 끔뻑였다.

"나보고 너를 부리라고?"

적사연이 거듭 당당하게 어깨를 피며 대답했다.

"확인해 보시면 아오. 보기보다 쓸 만한 사람이오, 나는. 미리 밝혀 두지만, 귀하에게 도움이 되면 되었지, 절대 밥값 축내는 일은 없을 것임을 보증…… 아니, 약속하겠소!"

설무백은 못내 어처구니가 없는 한편으로 묘하게 기분은 나쁘지 않았다.

지금 적사연은 얼굴에 철판을 깐 것처럼 뻔뻔스럽게 굴고 있지만, 기실 어설픈 기만이었다.

적사인의 본심은 살얼음에 서 있는 것처럼 조마조마하다는 것이 설무백의 시선을 마주 보지 못한 채 불안하게 흔들리는 눈빛에서 드러났다.

작금의 결론을 내고 직접 풍잔에 찾아오기까지 적사연이 어느 정도나 깊은 고심을 했을지 설무백의 눈에는 뻔히 보였다.

그때 설무백의 뒤에 서 있던 제갈명이 나직한 혼잣말로, 하지만 설무백에게 들으라는 듯이 중얼거렸다.

"우리 풍잔은 오는 사람 마다하지 않고, 가는 사람을 붙잡지 않는 것으로 유명하다고 누가 그랬는데……."

설무백은 슬쩍 고개를 돌려서 제갈명을 노려보았다.

같은 생각을 했어도, 그걸 남이 먼저 말해 버리면 기분이 상하는 것이 인지상정인 것이다.

제갈명이 찔끔해서 자라목을 했다.

그러면서도 늘 그렇듯 할 말은 했다.

"난세에는 영웅호걸(英雄豪傑)과 기인협사(奇人俠士)들이 녹림으로 모인다는 말이 있지요."

"우리 풍잔이 녹림이냐?"

"말이 그렇지 어디 뜻이 그럽니까? 작금의 녹림은 기반이 흔들릴 정도의 내환을 겪은 까닭에 지금은 그걸 치료하느라 정신이 없습니다. 그러니 우리 풍잔이 그 몫을 하는 거지요. 작금의 풍잔은 전성기 때의 녹림보다도 더 강성한데 나쁠 것 없지 않습니까."

옳은 말이긴 한데, 물러서지 않고 또박또박 하는 말대꾸가 얄미워서 매를 벌었다.

설무백은 은근슬쩍 제갈명의 머리를 한 대 쥐어박으며 돌아섰다.

"일단 들어가서 얘기하자."

"내가 철두공(鐵頭功)이라도 익히든지 해야지……!"

제갈명이 두 손으로 머리를 비비면서도 지지 않고 구시렁거리고는 이내 적사연에게 화풀이를 했다.

"당신 때문에 맞은 거니까, 앞으로 내게 잘하쇼!"

설무백은 대문으로 들어서다가 말고 제갈명을 돌아보았다.

제갈명이 찔끔하고는 넉살 좋게 웃으며 적사연의 소매를 잡아끌었다.

"주군께서 일단 들어가자고 했으니, 일단 어서 들어갑시다. 괜히 여기 있다가 한 대 처맞지 말고."

그러나 이미 늦었다.

"이놈은 또 누구니?"

카랑카랑한 목소리와 함께 휘둘러진 작대기가 적사연의 머리를 가격했다.

사실은 가격한 것이 아니라 두드린 것이었으나, 당사자인 적사연은 머리가 깨질 것 같은 통증을 느꼈다.

"억!"

반사적으로 돌아선 적사연의 시선에 곧게 뻗은 대나무 작대기를 지팡이로 몸을 기대고 있는 꼬부랑 할머니가 들어왔다.

그는 아직 모르지만, 바로 구경꾼들 사이를 헤집고 나선 담태파야였다.

적사연은 머리의 통증보다도 더 강한 충격을 가슴에서 느끼며 두 눈이 휘둥그레졌다.

아무리 방심하고 있었다고는 하나, 꼬부랑할망구가 휘두른 지팡이에게 자신이 당했다는 사실이 믿기지 않았다.

꿈만 같았다.

그때 제갈명이 재빨리 나서며 말했다.

"할머니, 손님이에요, 손님! 주군을 찾아온 손님이라고요!"

"그래?"

담태파야가 주름진 눈가를 가늘게 뜨며 적사연을 위아래로 훑어보더니, 미안하단 말도 없이 돌아서며 툴툴거렸다.

"요즘 들어 왜 이런 어중이떠중이들이 자주 찾아오는 건지 모르겠군. 주군 귀찮게 하지 말고, 적당히 대접해서 보네."

적사연은 실로 황당해서 제갈명을 바라보며 말을 더듬었다.

"누, 누구십니까?"

제갈명이 대수롭지 않게 대꾸했다.

"저기 푸줏간 옆에 있는 삯바느질하는 집 할머니요."

담태파야가 소일거리로 제연청의 푸줏간 옆에서 삯바느질을 하고 있으니, 말이야 맞는 말이었다.

그러나 듣는 적사연의 입장에선 그게 대체 무슨 말인지 도통 이해할 수가 없었다.

그런 그의 시선으로 담태파야의 뒤를 따라서 구경꾼들 사이를 헤집고 나섰다가 그들의 대화를 듣고는 무심히 돌아서서 담태파야의 뒤를 따라가는 제연청이 들어왔다.

실로 범상치 않은 사내였다.

그저 보는 것만으로도 상당한 살기가 느껴지고 있었다.

"그럼 저 사내는 누구요?"

제갈명이 힐끗 적사연이 가리키는 제연청을 보고는 대수롭지 대꾸해 주며 돌아섰다.

"아, 저 친구가 푸줏간 주인이오."

적사연은 절로 꿀꺽 마른침을 삼켰다.

그냥 하는 말이라도 농인지 아닌지는 능히 알 수 있다고 자부했다.

그런데 지금 제갈명의 말은 이게 농인지 농이 아닌지 전혀 감을 잡을 수가 없었다. 사실이면 농이면 농인대로, 농이 아니면 농이 아닌 대로 그냥 머리를 한 방 맞은 기분이었다.

제갈명이 그런 그를 돌아보며 재촉했다.

"뭐 하시오? 어서 빨리 오지 않고?"

적사연은 왠지 모르게 아득한 기분에 사로잡혀서 허둥지둥 제갈명의 뒤를 따라갔다.

그런 그의 곁으로 적용사문이 붙으며 넌지시 말했다.

"예전부터 남해삼십육검에 관심이 아주 많았소. 변화를 추구하는 검법으로는 능히 천하에서 손가락에 꼽힌다고 인정하오. 언제 기회가 되면 한번 손을 나눠 보고 싶은데, 가능하겠소?"

적사연은 이건 또 누구냐 싶어서 바라보다가 흠칫 놀랐다.

맹인으로 보였는데, 가없는 기운이 느껴졌다.

그때 뒤에서 낭랑한 여인의 목소리가 들려왔다.

"무슨 소리! 나랑 먼저잖아! 아까 그건 무효라고 말한 거 벌써 잊은 거야!"

검영이었다.

적사연은 고개를 돌려서 그녀를 보고는 다시금 꿀꺽 소리가 나도록 마른침을 삼키고 말았다.

언제 자신의 뒤에 붙었는지 모르게 조용히 따르고 있는 그녀의 기운 또한 맹인 사내와 버금감을 느낀 까닭이었다.

'여기는 대체……!'

너무 황당해서 멍해져 버린 그의 귓속으로 저만치 앞서가 고 있는 제갈명의 독촉이 파고들었다.

"아, 정말 굼뜨네! 빨리 좀 오시오!"

설무백은 이번에도 거처가 아닌 풍무관으로 향했다.

다만 그가 어디로 가는 것인지와 무관하게 그 뒤를 따르는 적사연의 머릿속은 엉킨 실타래처럼 복잡하기 짝이 없었다.

적용사문과 검영의 존재는 그의 감정을 어수선하게 만드는 시작에 불과했다.

풍잔의 대문을 들어서면서 보고 느끼는 모든 사람들이 쉽게 마주칠 수 없을 정도로 예사롭지 않았기 때문이다.

하다못해 마당을 쓸다가 옆으로 물러나서 길을 내주며 고개 를 숙이는 종복들조차(그는 모르지만 금혼살과 천살, 지살, 그리고 그들의 새 식구인 흑웅이다.) 범상치 않았다.

그러나 무엇보다도 신경이 쓰이고 심정을 복잡하게 하는 사 람은 따로 있었다.

설무백의 발걸음에 따라 때로는 종종 걸음으로, 때로는 느긋 하게, 정말이지 그림자처럼 묵묵히 뒤를 따라가는 인물이(역시나

천하천의
주인

그는 모르지만 철면신이다.) 바로 그 주인공이었다.

무슨 이유에서인지 모르게 입 주변인 하관을 제외한 얼굴에 거무튀튀한 빛깔의 철가면을 쓰고 있는 그 사내는 실로 대단해 보였다.

행동하는 것은 작대기처럼 뻣뻣한 데 반해, 느껴지는 기운은 가없이 깊고 그윽해서 사이한 느낌마저 드는 통에 도무지 실체를 모르는 진짜 그림자처럼 느껴졌다.

적사연은 끝내 참지 못하고 슬며시 제갈명의 곁으로 다가갔다.

말하기 좋아하는 사람을 알아보는 눈은 그도 가지고 있었다.

"저분은 누구요?"

제갈명이 그를 보고 다시 그의 시선이 철면신에게 닿아 있음을 확인하고는 빙그레 웃으며 대답해 주었다.

"주군의 수족과 같은 인물이오. 다들 철면신이라 하니, 귀하도 그리 알고 있으면 되오."

적사연은 내심 어리둥절했다.

누구든 자신보다 위의 인물을 소개하면서 아무런 존칭도 없이 직접 이름을 거명하는 경우는 없었다.

'이자의 지위가 저 사람보다 높다는 뜻인가?'

적사연이 아무리 봐도 그럴 리가 없다고 생각하면서도 어쩔 수 없이 그렇게 이해하고 넘어가려는 참인데, 권천이라는 철면신이 그를 돌아보았다.

나직한 그들의 속삭임에 자신의 이름이 언급되자 무심결에 돌아보는 것 같았다.

적사연은 바짝 얼어붙어 버렸다.

아무런 생각도, 감정도 읽을 수 없는 철면신의 눈빛이 그의 전신을 옭아매는 듯한 기분에 사로잡혔던 것이다.

그때 철면 아래 드러난 철면신의 입술이 벌어지며 바싹 마른 검불처럼 무미건조한 목소리가 흘러나왔다.

"불러도 된다, 철면신이라고. 하지만 권천이다, 지어 주셨다 그렇게, 내 이름을 주군이."

적사연은 한 방 맞은 기분 속에 절로 두 눈을 끔뻑거렸다.

괴리감이 느껴질 정도로 보통 사람과 다른 철면신의 말투에 당황한 것이다.

제갈명이 그런 그의 옆구리를 슬쩍 건드렸다.

"다 왔네요. 저깁니다."

거대한 건물, 풍무관이라는 현판이 이채로웠다.

설무백이 그제야 슬쩍 적사연을 돌아보며 풍무관으로 들어갔다.

대문에서 일어난 소란에 아랑곳하지 않고 풍사의 관리 감독 아래 저마다 자신의 수련을 하고 있던 풍잔의 칠대신성이 일제히 하던 동작을 멈추며 안으로 들어서는 설무백을 향해 고개를 숙였다.

풍사가 슬쩍 설무백의 뒤를 따라서 안으로 들어서는 적사연을 일별하며 피식 웃었다.

"이번엔 저 친구입니까?"

설무백은 어깨를 으쓱했다.

"내 밑에서 일하면서 나를 지켜보고 싶다네. 그게 자신의 수련에 도움이 된다나 뭐라나."

풍사가 긍정적으로 평가했다.

"그거야 옳은 말이죠. 머리는 있는 자인가 보네요."

그리고 재우쳐 물었다.

"한데, 이번엔 어찌하시려고요?"

설무백은 풍무관의 중앙으로 나서며 대답했다.

"아버지이자 장문인의 명령까지 거역하며 찾아왔는데, 낸들 별수 있나."

제대로 부리려면 일단 길은 들여야지."

풍사의 눈이 커졌다.

"오, 직접 상대해 주시게요?"

설무백은 어깨를 으쓱했다.

"제대로 부리려면 제대로 길들여야지."

풍사가 반색하고는 재빨리 칠대신성을 손짓해 부르며 평소답지 않게 호들갑을 떨었다.

"다들 이쪽으로 와라. 주군께서 너희들의 수련에 도움을 주신단다."

반색하며 눈치를 보고 있던 칠대신성이 우르르 풍사의 곁으로 가서 자리를 잡았다.

설무백은 별처럼 초롱초롱해진 그들의 눈빛을 보고 절로 실소하며 적사연과 적용사문을 향해 말했다.

"너희들도 저기 서 봐."

앞선 설무백의 말을 듣고 기대에 찬 눈빛을 드러내던 적사연은 어리둥절해하고, 졸지에 호명된 적용사문은 반대로 기대에 찬 기색으로 변했다.

적사연이 물었다.

"비무를 해 주겠다는 것이 아니었소?"

설무백은 태연히 반문했다.

"내게 배우고 싶어서 그 자격을 증명하기 위해 비무하겠다고 하지 않았나?"

"그, 그렇소."

"굳이 비무하지 않아도 그 자격을 준다는 건데, 싫어?"

"아, 아니, 싫진 않지만……!"

적사연이 부정은 하지 않으면서도 어딘지 모르게 찜찜해하는 표정을 지었다.

적용사문은 그저 기쁜 기색이었다.

심안을 통해서 설무백의 심중을 읽은 것일까?

설무백은 절로 그런 생각이 들어서 짐짓 곱지 않은 눈빛으로 적용사문을 쳐다보며 경고했다.

"너 자꾸 허락도 없이 내 속내를 읽으면 죽는 수가 있다."

적용사문이 찔끔한 기색으로 변명했다.

"아니오. 설 대협의 심중은 읽을 수 있는 부분이 극히 미약하오. 지금도 그저 짐작했을 뿐, 읽은 것이 아니오. 나도 그 이유를 잘 모르겠으나, 어김없는 사실이오."

설무백은 짐작도 못한 의외의 대답에 어리둥절해하다가 못내 아쉬운 기색이 역력한 적사연을 보고 말했다.

"아쉬워할 것 없어. 지금부터 우리 식구들도 제대로 보지 못한 내 신위를 전부 다 드러내 보일 테니까. 지켜보고 있다가 스스로 나설 깜냥이 된다고 생각되면 나서도 좋아."

적사연의 안색이 그제야 눈 녹듯 풀어졌고, 적용사문의 기색은 호기심을 더했다.

설무백은 바로 본론으로 들어가서 공력을 끌어 올리며 본연의 기세를 드러냈다.

우우우웅-!

장내의 공기가 우렁우렁 울었다.

설무백의 눈빛은 물처럼 고요하게 가라앉은 데 반해, 전신에서는 눈에 보이지 않는 가공할 기세가 구름처럼 일어나고 있었다.

순간, 적사연과 적용사문의 안색이 딱딱하게 굳어졌다.

그들은 지금 이것이 절정의 고수에게서만 일어나는 무형지기임을 대번에 알아본 것이다.

설무백은 전신의 무형지기가 점점 더 커져서 하나의 커다란

구체를 형성하는 것 같은 착각을 불러일으키는 가운데, 말문을 열었다.

"나는 본의 아니게 가없는 기연을 얻어서 몇몇 절대무공을 익히고 있지. 우선 첫 번째로 전대의 고수인 비선 진광이 말년에 얻은 심득인 청마진결 내의 내공인 추혼마상기다."

설무백의 전신을 감싸고 부상한 기세가 푸른 물처럼 출렁거렸다.

극성에 달한 추혼마상기였다.

"그다음은 외조부이신 신창 양세기 어른을 사사한 양가장의 비전인 천지일기공!"

설무백의 전신을 아우르는 푸른 기세가 이번에는 희뿌연 서기처럼 변화하며 고요하게 가라앉았다.

"그다음은 전대의 고인들이신 천하삼기 어르신들의 심득인 공공연기와 역천심공, 그리고 구철마공을 습득해서 극성을 이루었고……."

설무백의 전신을 뒤덮은 희뿌연 서기가 서서히 설익은 얼음처럼 반투명하게 변하다가 피처럼 붉은 빛깔로 바뀌고 다시 거무튀튀한 묵빛으로 자리 잡았다.

"그리고 마지막으로 본인의 선대인 낭왕 이서문의 비공인 무류기공의 최고심득인 불사마화강을 얻었는데……."

거무튀튀한 묵빛의 서기가 투명한 물처럼 변화해서 설무백의 전신을 휘감고 돌았다.

"나는 이 모든 기공을 하나로 융합하고 조화해서 무극신화공을 탄생시켰고, 그에 기인한 무극신화강을 얻었지."

설무백의 전신이 눈에 보이는 그 어떤 빛깔도 없는 온전한 모습으로 돌아갔다. 대신 그의 주변이 아지랑이처럼 아른아른 가물거리고 있을 뿐이었다.

"물론 그 모든 기공에 기인한 비기를 모두 다 터득했고 말이야."

설무백은 말을 끝맺음과 동시에 두 팔을 좌우로 크게 펼쳤다. 순간, 현신한 양날창 묵린이 설무백의 머리 위에서 서서히 돌아가고, 요술처럼 나타난 환검 백아가 그의 손에 들렸다.

적사연과 적용사문의 눈빛이 경악에서 불신으로, 다시 두려움으로 변화하다가 결국 의혹으로 귀결되는 과정이 그림처럼 선명하게 드러났다.

아니나 다를까, 신중하게 고민하는 적용사문과 달리 성마른 성격인 적사연이 반발했다.

"나는 믿을 수 없소! 어찌 일개 개인이 그런 과업을 달성할 수 있단 말이오! 그건 역사 이래 최고의 무이라는 삼천존도 감히 넘보지 못할 무신(武神)의 경지요!"

설무백은 시큰둥하게 적사연을 바라보며 대수롭지 않게 대꾸했다.

"그럼 내가 무신인가 보지."

적사연이 잠시 말문이 막힌 표정이다가 이내 발끈하며 나섰다.

"내가 직접 확인해 보리다!"

그러다가 다음 발을 내딛는 순간에 나가떨어져서 엉덩방아를 찧었다.

무언가 눈에 보이지 않는 벽에 부딪쳐서 나동그라진 것이다.

눈에는 보이지 않지만 크게 부풀려진 무극신화강의 신위였다.

그러나 그보다 더 놀라운 사실이 그다음에 드러났다.

엉덩방아를 찧은 적사연의 눈앞에는, 정확히 말하면 미간의 한 치 앞에는 두둥실 떠 있는 양날창 흑린의 한쪽 서슬이 웅혼하면서도 예리한 기세를 발하며 이글거리고 있었다.

"……!"

적사연이 입을 벌린 채로 굳어져 버렸다. 아니, 아주 새파랗게 질려 버린 모습이었다.

설무백은 그런 그를 바라보며 깜빡했다는 듯 말을 더했다.

"아참, 이기어술은 검산의 선대, 그러니까 태산검문과 태산도문을 아우르는 태산파의 조사, 태산노군의 유전을 얻어서 터득한 거야. 물론 지금은 무극신화공과 조화해서 나만의 것으로 바뀌었지만 말이야."

"……!"

적사연은 북풍한설에 노출된 사시나무처럼 전신을 부들부들 떨었다.

믿을 수도 없고, 믿지 않을 수도 없는 현실 앞에서 실로 감당하기 어려운 충격을 받은 것이다.

상대적으로 적용사문은 평온한 모습이었다.

마음을 비우면 본성이 그러난다고 했던가?

지금 적용사문이 그랬다.

매미의 더듬이보다도 더 예민한 감각을 가진 그는 놀라고 당황한 끝에 결국 수긍하고 인정하며 마음을 비운 듯 더 이상 다른 감정 없이 순수하게 감탄하는 태도를 보였다.

슬쩍 곁에 서 있는 검영을 향해 고개를 기울이며 이렇게 속삭인 것이다.

"아까 일 합도 못 견딘다는 당신의 말을 못내 반신반의했던 것을 사과하오. 과연 설 대협은 아직 내가 오를 수 없는 태산이구려."

검영이 희미하게 웃으며 말꼬리를 잡았다.

"아직?"

적용사문이 자못 가슴을 크게 부풀리며 대답했다.

"북산현하각의 후예는 절대 도전을 포기하는 우를 범하지 않소."

검영이 다시 웃었다.

앞선 그녀의 웃음이 비웃는 조소라면 지금의 웃음은 어이없어하는 신소였다.

"설마 지금 본 아니, 느낀 신위가 주군의 전부라고 생각하는 건 아니죠?"

그렇게 생각했던 모양이었다.

적용사문이 놀라서 되물었다.

"아니란 말이오?"

검영이 한심하다는 듯이 적용사문을 바라보며 말했다.

"당연히 아니죠. 주군은 흑도고, 흑도의 자세에 더 없이 충실한 사람이에요. 절대 당신의 전력을 내보이지 않죠. 물론 그마저도 전부라고 생각할 수밖에 없을 정도로 막강하지만. 내가 실로 장담하는데, 주군이 진정한 신위를 드러내면 여기 있는 우리가 전부 다 달라붙어도 어림없을 거예요. 일 합을 견딘다면 정말 장한 거죠."

적용사문이 말문이 막힌 것처럼 입을 닫았다.

하지만 검영의 말을 전적으로 수긍한 기색으로 보이진 않았다.

검영이 예리하게 그것을 간파하며 다시 말했다.

"아무래도 당신은 그 심안이라는 걸 제대로 다시 익혀야 할 것 같네요. 혹시나 해서 묻는 건데, 당신은 아까 여기로 오면서 길목에서 마주친 노인들이 누군지는 알고 있나요?"

적용사문이 무슨 말을 하려는 거냐는 기색이면서도 대답은 했다.

"심안이 만능은 아니오. 주변에 있는 모든 사물의 생김새와 움직임을 파악할 수는 있지만, 사람의 얼굴은 그와 별개라 어렴

풋이 형태만 느낄 뿐, 한 번이라도 인연을 맺은 사람이 아니면 알아보기 어렵소. 대성을 이루면 또 모르겠으나, 무안하게도 지금의 본인은 아직 대성을 이루지 못해서 그 경지를 모르오."

가볍게 던진 질문에 너무도 진지한 답변이었다.

검영이 그에 당황해서 무색한 표정이다가 이내 말했다.

"무안해할 필요 없어요. 그 정도도 대단한 건 사실이니까, 아무튼, 아까 길목에서 마주친 노야들 중 우리가 검노라 부르는 분은 무당마검이시고, 예충, 예 노야는 석년에 마군자라 불리던 분이시며, 쌍노는 무림쌍괴이신 환사 노야와 천월 노야시죠."

적용사문의 눈이 점점 커지고 있었다.

검영이 그 모습에 다시 실소하며 계속 말했다.

"아직 놀라긴 일러요. 그분들과 함께 있던 두 분 노야는 관외 제일고수이신 태양신마 노야와 마도오문 중 하나인 혈가의 가주이신 혈뇌사야 노야시니까. 그리고 그분들 모두가 나처럼 주군의 일초지적인 것을 전혀 부끄러워하지 않죠. 대체 왜 그런 것 같아요?"

적용사문이 앞선 적사연처럼 새파랗게 질려 버렸다.

설무백이 그 순간에 손을 당겨서 적사연의 미간을 겨누고 있던 흑린을 회수하며 그에게 물었다.

"어때? 너도 한번 나서 볼래?"

적용사문이 호흡을 가다듬었다.

사실은 마음을 가다듬는 것이다.

그 상태로, 그는 정중하게 공수하며 사양했다.

"본인은 아직 태산을 오를 준비가 되어 있지 않으니, 후일을 도모하겠소."

검영은 여전히 아직을 강조하는 적용사문의 태도에 손을 내저으며 외면했다.

그러나 설무백은 그 태도가 마음에 들어서 기꺼이 수긍하며 말했다.

"좋아, 기다려 주도록 하지."

혈뇌사야의 합류와는 달리 북산현하각의 후예 적용사문과 해남검파의 제자 적사연의 합류는 온종일 세간에서 화제가 되었다.

적어도 난주의 무림에는 그랬다.

전직이 마교의 마왕인 혈뇌사야의 합류는 풍잔의 입장과 무관하게 그의 입장에서 대외적으로 공표하기 난감한 상황이라 내부적으로 다들 쉬쉬했으나, 그들, 두 사람의 합류는 굳이 감출 이유가 없는 사건이었기 때문이다.

다만 그로 인한 풍잔의 변화는 없었다.

한두 개의 샘물줄기가 새로 이어졌다고 해서 강물이 불어나는 것이 눈에 보이지는 않는 법이다.

풍잔은 이미 그만큼 강대하고 거대한 세력으로 변모해 있었다.

물론 내부적으로는 바빴다. 그리고 그건 모순적이게도 하루 종일 사람들의 입방아를 찧던 적용사문이나 적사연과는 무관하게 대외적으로 알려지지 않은 혈뇌사야의 합류 때문이었다.

정확히는 혈뇌사야가 이끄는 혈가의 식구들이 원인이었다.

혈가의 식구들은 기본적으로 햇볕을 볼 수 없는 사람들이었고, 지난번 천사교와의 싸움에서 입은 상처가 아직 회복되지 않은 사람들도 적지 않았다.

설무백은 그들을 안전하게 수용하기 위해서 특단의 조치를 내렸다.

풍잔의 영내에서 가장 한적한 동편 지역의 일각을 금지로 선언하고, 건물을 신축했다.

일반적인 건물과 달리 창문이 하나도 없는 전각이었는데, 전각의 주변은 기둥에 지붕만 얹은 누각으로 두를 것을 지시했다.

낮에도 볕이 들지 않게 하려는 배려였다.

또한 혈가의 식구들을 데리러 떠나는 혈뇌사야에게 사사무를 제외한 이매당의 인원 전원을 딸려 보냈다.

혈가의 식구들을 보다 안전하게 이송하려는 또 하나의 배려였다.

설무백은 그렇게 혈뇌사야 등이 떠나고, 혈가의 식구들을 위한 건물을 신축하느라 풍잔이 부산해지고 나서야 묵면화상의 부탁을 떠올리며 독후 이이아스의 거처인 독화원을 방문했다.

풍잔의 후원 구석에 자리한 독화원은 따로 정해지지만 않았을 뿐, 이미 금지나 다름없었다.

　방풍목을 포함한 주변의 모든 수풀이 거무죽죽하게 죽어 버려서 더욱 그렇게 보였다.

　불규칙적으로 이이아스의 통제를 벗어난 독기로 인해 만들어진 황량한 풍경이었다.

　"오셨습니까, 주군."

　설무백이 독화원으로 들어서자, 검은 면사로 하관을 가린 중년미부와 네 명의 흑포사내가 서둘러 나서며 맞이했다.

　지난날 독후 이이아스와 함께 묘강을 탈출한 오독문의 고수들인 사색독수(四色毒手)와 시비이자, 오독문의 제사를 주관하던 무녀(巫女)인 야우스였다.

　"이이아스는?"

　"안에 계시긴 합니다만……."

　말꼬리를 흐린 야우스가 난감한 표정으로 덧붙였다.

　"지금은 안 보시는 게 어떨지……."

　설무백은 어리둥절해서 물었다.

　"무슨 일 있나?"

　야우스가 어렵사리 대답했다.

　"무슨 일이 있는 게 아니라, 식사를 하시는 중이라……."

　설무백은 식사 중인 사람을 방문하는 것이 예의가 아닌 줄은 알지만, 이렇게나 만류해야 할 일인가 싶어서 눈을 끔벅이다가 문득 섬광처럼 뇌리를 스치는 것이 있었다.

"너희들은 여기 대기해라."

설무백은 가만히 웃는 낯으로 야우스의 권유를 외면하며 공야무륵과 철면신을 남겨 두고 전각의 내부로 향했다.

야우스가 어쩔 수 없다는 듯 서둘러 나서서 전각의 문을 열었다.

설무백은 묵묵히 야우스가 열어 준 문을 통과해서 전각의 내부로 들어섰다.

두 개의 문을 통해서 들어선 전각의 내부, 드넓은 대청은 짙은 향내로 가득했다.

오독문의 제자들은 향을 즐겨 태우는데, 이는 독공을 익히면서 어쩔 수 없이 몸에 배는 악취를 제거하려는 노력이었다.

그러나 이이아스의 거처인 대청은 그런 그들의 습관을 감안하더라도 매우 지나쳤다.

대청의 내부가 온통 희뿌옇게 잠겨 있을 정도였다.

그리고 그런 대청의 한쪽 구석, 창가에 놓인 다탁에 이이아스가 앉아 있었다. 정확히는 설무백이 들어서는 순간에 화급히 다탁을 천으로 덮으며 애써 당황을 감추는 모습이었다.

"어쩐 일로 이 시간에……!"

설무백은 대수롭지 않게 다가가서 그녀의 맞은 의자에 앉으며 다탁을 덮은 천을 걷어 냈다.

"……!"

이이아스가 놀라서 제지하려 했으나, 설무백의 손이 너무 빨라서 막지 못하자 망연자실했다.

"음."

설무백은 절로 침음을 흘렸다.

무녀 야우스의 말마따나 이이아스는 식사를 하는 중이었다.

다만 식탁에 차려진 것은 일반적인 음식들과는 거리가 멀었다.

독물들이었다.

다탁에는 강렬한 독기가 느껴지는 독초들과 독충들이 놓여 있었다.

하물며 그릇에 담겨 있는 검은 빛깔의 전갈과 붉은 빛깔의 개미, 오색의 등판에 보기 거북할 정도로 찐득한 물질이 배어 있는 두꺼비는 죽은 것이 아니라 살아서 몸을 꿈틀대고 눈을 끔벅였다.

그것이 그녀의 식사였고, 또한 그것이 그녀가 망연자실할 정도로 민망해하는 이유였으며, 앞서 야우스가 설무백을 말리려던 이유이기도 했다.

그녀는 이 식사를 하는 자신을 극도로 설무백에게 보이기 싫어했으며, 야우스는 그런 그녀의 마음을 누구보다 잘 알고 있던 것이다.

"저는……."

이이아스가 어렵사리 말문을 열며 설무백이 걷어 놓은 천을 다시금 슬며시 덮었다.

"독인이되 완성된 독인이 아니에요. 오독문의 독공을 통해서 선천지기(先天之氣)와 후천지기(後天之氣)를 대신해서 독기가 그 자리를 차지하긴 했지만, 완전한 조화를 이루지 못했죠. 해서, 체내의 독기를 자극하는 화식은 금물, 오로지 생식을 해야 하며, 그럼에도 매순간 부조화를 이루며 들끓는 체내의 독기를 진정시키기 위해 매 끼니를 상생상극작용(相生相剋作用)을 일으키는 일곱 가지 독물로 대신해야 해요."

이이아스의 피부는 흑진주처럼 까만 묵인이었다.

그럼에도 불구하고 그녀의 얼굴이 붉게 물들어 버린 것을 설무백은 느낄 수 있었다.

설무백은 평정을 되찾은 모습으로 아무렇지도 않게 그녀가 덮은 천을 다시 걷어 내며 물었다.

"전에 풍잔으로 오는 도중에는 이런 것들을 먹는 것을 보지 못했는데, 그때와 지금이 달라진 건가?"

이이아스가 고개를 숙인 채 습관처럼 손으로 입을 가리며 대답했다.

"그때는 오독문의 독문비법으로 제조한 독환(毒丸)이 있었어요. 지금은 다 떨어져서 어쩔 수 없이……."

"다시 만들 수도 없나?"

"오독문에서만 전해지던 비법이에요. 그걸 제조할 수 있는 사람은 오독문에서도 몇 되지 않았는데, 일전의 사태로 비법도, 사람도 사라졌어요."

"빨거나 즙을 내서 먹는 건……?"

설무백은 말을 하다가 그만두었다.

약을 제조할 때 쓰는 작은 절구가 탁자 한쪽에 놓여 있는 것을 보았기 때문이다.

이이아스는 그렇게 섭취하고 있었던 것이다.

이이아스가 말을 하다가 그친 그를 보고는 어색하게 웃으며 말했다.

"미리 빨거나 즙을 내두면 독성이 낮아지거나 변해서 매번 먹을 때마다 하는 거예요."

설무백은 무색해진 표정으로 물었다.

"왜 내게 말하지 않았지?"

이이아스는 그저 고개를 숙인 채 대답하지 않고 침묵했다.

그러면서도 여전히 손으로 입을 가리고 있었다.

자신의 입에서 나는 냄새를 그가 맡을까 봐 극도로 걱정하는 모습이었다.

그 모습을 보자, 설무백은 방금 자신이 던진 질문의 답을 얻을 수 있었다.

이이아스는 매번 이런 식의 식사를 하고 있다는 사실 자체를 그에게 알리고 싶지 않았던 것이다.

'여자니까.'

적어도 그에게만큼은 이런 식의 끔찍한 독물을 먹는 여자가 아니고 싶었던 것이리라.

설무백은 그런 그녀의 마음이 느껴지자 못내 화가 치밀었다. 그간 자신이 너무 무심했다는 것을 느끼며 자기 자신에게 나는 화였다.

애써 화를 누른 그는 잠시 고심하다가 뇌리를 스치는 생각이 있어서 물었다.

"그거 당문에서도 만들지 못할까?"

이이아스가 고개를 갸웃했다.

그 바람에 입술을 가리고 있던 손을 떼었는데, 그녀는 재빨리 다시 입을 가리며 말했다.

"오독문과 당문의 독공은 유사한 면도 있지만 다른 면도 있어요. 본질적으로 독인을 추구하는 면은 같지만, 섭취하는 독물의 종류나 양은 매우 다르죠. 그리고 독에 관해서는 당문보다 우리 오독문이 위에요. 우리는 엄연히 독왕의 후예니까요. 해서, 과연 그들이 제조할 수 있을지 저로서는 감히 장담할 수 없네요."

설무백은 와중에도 오독문의 긍지를 드러내는 이이아스의 자존심이 귀엽게 느껴져서 피식 웃으며 말했다.

"일단 내가 한번 알아보도록 하지. 개천에서도 용이 날 수 있다는데, 아무리 수준이 낮은 당문이라도 혹시 또 모르는 일이니까."

"아, 당문의 수준이 낮다는 건 아니고……!"

이이아스가 적잖이 당황하며 대답하다가 설무백과 시선을

마주치고는 새삼 얼굴을 붉히며 고개를 숙였다.

설무백은 자신을 어려워하며 수줍어하는 그녀의 모습에 매료되었다.

여태까지는 모르던, 아니, 의식하지 않았던 그녀의 미색에 홀려서 그는 잠시 말문이 막혔다.

아는 사람은 다 아는 사실이지만, 풍잔에는 중원제일미를 다투는 철혈의 여제이자, 정도의 꽃이라는 남궁세가의 남궁유아와 흑도의 꽃으로 불리는 흑선궁의 비접 부약운과 비교해도 절대 꿀리지 않는 미인들이 있었다.

검매나 검영이 그렇고, 대력귀나 화사 또한 그녀들에 못지않았으며, 요미의 요사스러운 미색은 오히려 그녀들보다 앞섰다.

그런데 이이아스는 피부가 검은 묵인임에도 아니, 어쩌면 그래서 더욱 빛나는 것 같은 미색이었다.

흑진주 같은 그녀의 독특한 미색은 요사스럽기 짝이 없는 요미와 견주어도 절대 꿀리지 않았다.

"왜 그러시는지……?"

이이아스가 멍해진 그의 눈빛을 의식한 듯 묻고 있었다.

"아니, 그냥…… 잠시 생각할 것이 있어서…….."

설무백은 정신이 돌아와서 멋쩍은 표정으로 딴청을 부리다가 식탁에 놓인 독초 하나를 들어서 살펴보고는 맛을 보았다.

"앗!"

이이아스가 화들짝 놀라며 그의 손을 쳤다.

독초는 날아갔으나, 설무백은 이미 한 입 베먹은 후였다.

"어서 뱉으세요! 독초인 축탕(蓫蕩)이에요!"

설무백은 기겁하며 외치는 이이아스를 바라보며 오만상을 찌푸린 채 입맛을 쩝쩝 다셨다.

"와, 쓰다! 이런 걸 매일 먹는 거야?"

이이아스가 그제야 설무백이 만독불침지체임을 상기한 듯 적잖게 무안해하며 대답했다.

"독초는 그래도 먹기 편해요. 쓰기만 하니까. 독충의 비린 맛은 정말…… 아, 물론 저는 이제 괜찮아요. 익숙해졌거든요."

설무백은 여전히 말을 하면서 입을 가리는 그녀의 손을 한순간 낚아챘다.

"괜찮아. 네 입에서는 아무 냄새도 나지 않아."

이이아스가 감격한 듯 대번에 눈물이 차서 그렁그렁해진 눈빛으로 변했다.

설무백은 난감해졌다.

얼떨결에 눈에 거슬리는 그녀의 행동을 막느라 손을 잡아채긴 했으나, 이런 반응이 돌아올 줄이야.

'고작 이 정도에 감동하나?'

그러나 이이아스의 반응은 그게 다가 아니었다.

감격한 표정이던 그녀가 이내 눈물기가 사라진 초롱초롱한 눈으로 바라보며 물었다.

"……그러시면 저는 이미 준비가 되어 있으니, 밥상을 치울

까요?"

설무백은 깜짝 놀랐다.

이이아스는 쉽게 감동하고 쉽게 울적해지는 섬세한 감성의 여인이자, 남녀관계에 있어 그 어느 지역보다 자유분방한 묘강의 여인이기도 했던 것이다.

"아니……!"

설무백은 화급히 그녀의 손을 놓고 물러나며 자리에서 일어났다.

"그건 좀 나중에 다시 생각해 보기로 하자. 서두를 일이 아니잖아, 그건."

이이아스가 울적해질까 말까 하는 기색을 드러내며 물었다.

"제가 싫은 건 아니죠?"

설무백은 진심을 담으려 애쓰며 대답했다.

"물론이지. 세상의 그 어떤 사내가 이이아스를 싫어하겠어. 절대 그런 건 아니니까, 오해하지 마. 그저 보다 더 신중하게 생각하자는 거야."

"신중하게 생각할 것은 없어요. 저는 이미 주군의 여자로 정해져 있으니까요. 하지만 주군의 뜻을 따를게요. 제가 싫은 것만 아니라면 돼요. 저는 얼마든지 기다릴 수 있으니까요."

이이아스는 활짝 웃고 있었다.

싫은 게 아니라는 그의 한마디로 모든 것이 풀린 것 같았다.

설무백은 어째 발목이 잡힌 것 같은 기분에 사로잡혔다.

그는 애써 웃는 낯으로 그 감정을 털어 내며 돌아섰다.

"그래, 그럼 마저 식사해. 그 독환은 내가 두 손 모아 빌든, 윽박을 지르든 당문에게 만들어 보라고 할 테니까."

"아, 예. 알겠어요."

이이아스가 알겠다는 대답과 상관없이 쪼르르 따라와서 대청의 문을 열어 놓고 고개를 숙였다.

설무백은 어째 이유도 모르게 죄를 짓는 기분에 사로잡히며 급히 그녀의 대청을 빠져나와서 거처로 돌아왔다.

그런데 그의 거처에는 예기치 않는 손님에 기다리고 있었다.

낡은 의복과 꼬질꼬질한 외모를 소탈함의 상징으로 여기며 자랑하는 개방도답지 않게 비단옷을 거지, 무림팔수의 하나이자, 이제는 어엿한 개방의 후계자인 후개로 등극한 무진개 천이탁이 바로 그였다.

변화하는 전국 (1)

"안 불렀는데?"

"아…… 뭐…… 그렇긴 하지. 하하……!"

"그렇긴 뭐가 그래? 말귀 못 알아들어? 안 불렀으니까 어서 꺼지라고."

설무백의 짐짓 냉정한 박대에도 불구하고 천이탁은 특유의 넉살을 부렸다.

"대당가는 물론 나를 안 불렀지. 하지만 아무리 생각해 봐도 내가 알게 된 귀중한 정보를 대당가도 알아야 할 것 같아서 말이야. 우리가 또 옛정이 아주 깊지 않나. 하하하……!"

설무백의 본색을 아는 사람 중에 이처럼 면전에 대고 의뭉스럽게 능청을 부릴 수 있는 사람은 실로 흔치 않았다.

모르긴 해도, 손가락에 꼽힐 정도일 텐데, 천이탁이 그중에 하나인 것만은 분명했다.

다만 분명하게 그것을 알고 있는 설무백이 지금처럼 매정하게 박대하는 것은 그 누구에게도 천이탁이 방문했다는 보고가 없었기 때문이다.

지금 천이탁은 놀랍게도 풍잔의 경계망을 뚫고 은밀하게 그의 거처까지 잠입한 것이다.

'석년의 개왕 이타성이 천하제일을 논했다고 하더니만, 실로 그랬던 것 같군.'

천이탁은 작금의 개방을 이끌고 있는 취죽개의 제자이고, 취죽개는 몇 년 전 개방의 선대 중 최고의 고수로 평가받는 개왕 이타성의 유전을 얻는 기연을 맞이했었다.

취죽개가 자신이 얻은 개왕의 유전을 제자인 천이탁에게 전해 준 것이 분명했다.

그게 아니라면 지금과 같은 사태가 절대 벌어질 수 없었다.

물론 그 때문에 언짢은 것은 사실이나 정말로 화를 내는 것은 아니었다. 오히려 그사이에 개왕의 유전을 지금과 같은 실력을 보일 정도의 경지까지 수련한 천이탁이 대견했다.

지금은 그저 내친김에 방만한 천이탁의 기강을 바로잡으려는 생각일 뿐인 것이다.

그러나 그런 그와 달리 작금의 사태에 정말로 분노한 사람이 있었다.

공야무륵과 암중의 흑영과 백영, 요미까지 그랬다.

그들은 설무백과 달리 풍잔의 경계망을 뚫고 들어온, 그것도 주군의 처소까지 은밀하게 잠입한 천이탁이 행태를 이래저래 용납하기 어려웠다.

"죽일까요?"

공야무륵이 실로 오랜만에 짙은 살기를 드러내며 묻고 있었다. 당장이라도 피를 보겠다는 기세였다.

천이탁이 그제야 사태의 심각성을 인지한 듯 앉아 있던 창가의 탁자에서 벌떡 일어나며 급히 말했다.

"아니, 그게 아니라, 방금 내 말 못 들었어? 나는 그저 대당가가 알아야 할 정보를 가지고 온 거라니까?"

설무백은 짐짓 공야무륵을 막지 않은 채로 무심하게 턱을 주억거렸다.

"그게 어떤 정보인지 말해 봐. 미리 말해 주지만, 분명히 내가 납득할 만한 정보라야 할 거다."

천이탁이 주눅이 들기는커녕 태연히 웃으며 말했다.

"다른 게 아니라, 타타르족이 몽고를 통일했는데, 그 족장인 칸이 푸른 이리 징기스칸의 혈통인 아르게이라네. 아르게이, 생소한 이름이지? 그자가 바로 천산적가의 일맥이자, 천산제일인으로 불리던 악지산의 사제이자, 당대 천산파의 오대장로 중 하나인 라난 솔룽가의 무기명제자야."

설무백은 한 방 맞은 표정이 되었다.

이건 정말 그가 상상도 하지 못한 정보였다.

천이탁이 그의 당황에 더욱 자신만만한 기색을 드러내며 말을 덧붙였다.

"어때? 납득할 만한 정보지? 게다가 거기에 기막힌 정보가 하나 더 있어. 마교의 일맥이자, 마도오문의 하나인 혈가가 마교에서 이탈했다네. 우리 개방에서 수집한 정보에 따르면 모종의 사태로 천사교와 싸우다가 괴멸에 가까운 피해를 입고 마교에서 이탈하며 잠적한 것으로 보여."

이 말은 안 하는 게 좋을 뻔했다.

설무백은 내심 그렇게 생각하다가 문득 뇌리를 스치는 생각이 있어서 생각을 바꾸었다.

어수선할 정도로 방만해 보이는 이놈은 그래도 여태 쓸데없는 일이 나서는 경우가 없었다.

막상 나서서는 이런저런 사고를 쳐서 사고뭉치처럼 보이지만, 그건 기본적으로 이놈이 나선 일이 그만큼 중대한 일이요, 사건이기 때문에 크게 부각된 면이 없지 않았다.

게다가 이놈은 명색이 개방의 후계자인 후계였다.

'그런 녀석이 이런 엄청난 정보를 마구 뿌리고 다닌다고?'

제아무리 그와 천이탁의 관계가 친밀해도 이건 쉽게 납득할 수 없는 일이었다.

결국 다른 속셈이 있다는 뜻이다.

그렇다면 내부적으로 크나큰 혼란을 겪으며 겨우겨우 안정을 되찾아 가는 무림맹에서 중추 역할을 수행하고 있는 개방이 작금의 상황에서 무엇을 가장 걱정하고 두려워할 것인가.

'중원에서 사라진 혈가의 존재겠지!'

설무백은 의문의 끝에서 얻은 답을 뒤로한 채 슬쩍 제갈명에게 시선을 주며 물었다.

"어떻게 생각해?"

제갈명이 대수롭지 않게 대꾸했다.

"어떻게 생각하긴요. 하도 대가리가 투명해서 속이 훤히 들여다 보이는 것을요. 혈가와 천사교가 싸우던 시기에 주군께서 그 주변에 있었다는 얘기를 어디서 주워들은 게지요. 그러니 나름 꿍쳐 놓은 정보 하나 들고 와서 그 사실을 확인하려는 게 아니겠습니까."

설무백은 흡족한 표정으로 고개를 끄덕였다.

역시나 제갈명은 사태를 직시하고 있는 것이다.

그리고 과연 천이탁이 당황한 기색을 드러냈다.

애써 내색을 삼가고는 있으나, 설무백의 눈에는 안절부절못하는 천이탁의 속내가 한순간 평정을 잃은 눈빛을 통해서 뻔히 보였다.

"어울리지 않게 가식 떨지 말고."

설무백은 잘라 물었다.

"그래서 알고 싶은 게 뭐냐?"

천이탁이 시치미를 뗐다.

"나는 아는 정보만 알려 주었을 뿐인데, 무슨 가식을 떨었다고 그러시나?"

설무백은 조용히 다그쳤다.

"그러니까 왜 내게 그걸 알려 주냐고?"

"그야 당연히 옛정을 생각해서……."

"옛정을 생각해서 죽여 줄까?"

"……."

천이탁이 농담처럼 들리지 않는 설무백의 말을 듣고 눈알을 굴리다가 이내 투덜거렸다.

"젠장, 내가 이래서 여기는 안 간다고 했던 건데……!"

그러고는 떨떠름하게 말을 덧붙였다.

"대당가도 알다시피 지금 무림맹 사정이 매우 어려워. 겨우 안정을 되찾나 했더니만, 종남파의 본산이 무너지고, 화산파도 적잖은 피해를 입었어. 그 바람에 나머지 구대문파들도 본산의 안전에 더욱 주력하느라 다수의 인원을 빼갔단 말이지. 에휴……!"

깊은 한숨으로 진심임을 강조한 천이탁이 은근슬쩍 설무백의 눈치를 보며 계속 말했다.

"그나마 해남검파가 합류하는 바람에 힘을 얻기 시작하는 마당인데, 하필이면 이 시점에 난데없이 마도오문의 하나인 혈가가 천사교와 피 튀기게 싸우다가 마교를 이탈하며 잠적했다는 거야. 이거 완전히 못 믿어서잖아. 그런데 듣자 하니 대당가가 그들의 싸움에 개입한 흔적이 나온 거야."

"개입? 내가?"

"아니, 정확히는 개입한 흔적은 아니고, 그 시점에 그들 주변에 있었다는 정보를 입수했지. 아무튼, 그래서 온 거야. 혹시 내막을 아는 게 있나 해서. 물론 내 생각이 아니라 사부님 생각이고."

설무백은 이제야 찬이탁을 보낸 신임 개방방주 취죽개의 의도를 완전히 이해했다.

취죽개는 혈가와 천사교의 싸움 자체를 마교의 음모가 아닌가 의심하고 있었다.

충분히 가능한 예상이었다.

내부의 알력은 말 그대로 내부의 알력인 것이다.

그것으로 교를 이탈하는 경우는 실로 흔치 않았다.

게다가 취죽개는 그에 더해서 설무백이나 풍잔의 존재도 적잖게 경계하는 것으로 느껴졌다.

당시 그들의 싸움 주변에 있던 사람이 어디 설무백 한 사람뿐일 것인가.

그럼에도 불구하고 이번 사태에 설무백이 개입했을지도 모른다고 지목한 것은 그를 경계하고 있지 않으면 절대 있을 수 없는 일이었다.

사실 따지고 보면 취죽개는 전부터 그에게 어느 정도 거리를 두고 있었다.

그게 어떤 의심에서 비롯된 것인지는 모르겠으나, 천이탁을 보낸 것도 그 연장선상에 있는 것이다.

'취죽개는 적으로 두기에는 아까운 사람!'

설무백은 내심 결단을 내리고 말했다.

"혈가와 천사교의 싸움은 마교의 음모가 아니다. 그건 내가 보증할 수 있다."

천이탁의 당연한 질문이 따라붙었다.

"대당가가 어떻게 그걸 보증할 수 있다는 거지?"

설무백은 사뭇 단호한 어조로 말했다.

"너와 취죽개만 알고 있겠다고 약속하면 이 자리에서 그걸 밝혀 주지."

천이탁은 설무백이 말하는 약속의 무게가 얼마나 무거운지 익히 잘 아는 사람이었다.

그 때문인지 그는 선뜻 대답하지 못하다가 이내 고개를 끄덕이는 것으로 수긍하며 조건을 달았다.

"나는 그 약속을 지킬 자신 있어. 하지만 사부도 그러리라고는 장담할 수 없어. 사부님의 의중은 종종 내 범부를 벗어나는 경우가 많거든."

설무백은 힘주어 대답했다.

"그럼 취죽개에게 말해 주기 전에 내 말을 전해. 만에 하나 지금 이 자리에서 내가 너에게 알려 준 얘기가 너나 취죽개의 입을 통해서 밖으로 샜다는 것이 알려지면 개방은 더 이상 강호

천외천의
주인

무림에 존재할 수 없을 거라고. 내가 가진 힘을 총동원해서라도 그렇게 할 거니까."

천이탁이 몸서리를 치며 꿀꺽 소리가 나도록 마른침을 삼켰다. 설무백이 말하면서 가공할 무형지기를 발산했기 때문이다.

설무백은 그런 천이탁을 지그시 바라보며 물었다.

"어때? 말해 줘, 말어?"

천이탁이 작심한 표정으로 미소를 보이며 대답했다.

"나는 약속을 지킬 자신 있고, 그 말을 전해 주는 것도 어렵지 않지. 그에 대한 판단은 내가 아니라 사부님 몫이니까. 그러니 말해 줘."

설무백은 말해 주었다.

"혈가는 우리 풍잔의 일원이 되었다. 혈가와 천사교의 싸움은 설명하기 어려울 정도로 심대한 악연이 얽힌 분쟁이라 도저히 돌이킬 수 없고, 혈가는 그로 인해 마교를 등지고 내 밑으로 들어온 것이니, 가설이라도 나와 마교를 엮는 일은 하지 마라."

천이탁이 얼빠진 얼굴로 눈을 끔벅거렸다.

거대한 쇠뭉치로 머리를 한 대 맞아서 정신이 나간 모습이었다.

설무백은 그게 아랑곳하지 않고 말을 덧붙였다.

"호기심 많은 네가 풍잔에 와서 곧장 내 거처로 들어왔을 리는 만무하니, 동편에 신축되고 있는 건물을 보았을 테지. 거기가 앞으로 혈가의 보금자리다."

천이탁이 힘겹게 정신을 수습한 표정으로 중얼거렸다.

"와, 이거 완전히 똥물을 한바가지나 삼킨 기분이네. 이걸 토해 내지 않고 어떻게 버티지?"

설무백은 그저 미온하게 웃었으나, 제갈명이 예민하게 그냥 넘어가지 않았다.

"개방이 초토화되는 꼴을 보기 싫으면 똥물이 아니라 똥 건더기를 한바가지 삼켰어도 버텨야지."

제갈명으로서는 설무백이 혈가의 사정을 밝힌 것이 매우 의외인 모양이었다.

천이탁을 주시하는 눈빛이 사뭇 냉정하게 굳어져 있었다.

천이탁이 곧지 않은 시선으로 제갈명을 바라보다가 그 눈빛을 마주하고는 쩝쩝 입맛을 다시며 물러났다.

"그래야 할 것 같네."

설무백은 피식 웃는 것으로 분위기를 쇄신하며 말문을 돌렸다.

"괜한 신소리 그만두고, 아까 그 몽고족 얘기나 제대로 다시 해 봐라. 다른 걸 다 떠나서, 천산파의 장로인 라난 솔룽가는 이미 오래전에 죽었다고 알려졌는데, 그가 살아 있다고?"

천이탁이 자신도 그게 이상하다는 표정을 지으며 대답했다.

"죽은 게 아니라 폐관 수련에 들었던 거라네. 천산제일인인 악지산과 대장로이자 무림사마의 하나인 천산금마 단이자 등과 나란히 서 있는 모습을 많은 사람이 봤다더군. 세세한 내막이야 알 도리가 없지만, 상황만 놓고 보면 천산적가가 마교와 손잡고 있는 게 아닌가 싶어. 중원 정복을 꿈꾸는 천산파의 야욕은 아직도 진행형이라는 소리지."

사실은 천산적가와 마교가 손잡은 것이 아니라 천산적가가 마교의 발호를 주도하고 있는 것이었다.

설무백은 마교총단을 장악한 극락서생 악초군이 악지산의 손자이자, 당대 천산파의 장문인인 악주보의 적자임을 혈뇌사야에게 들어서 익히 잘 알고 있는 것이다.

'밝혀야 할까?'

설무백은 내심 잠시 망설였으나, 이내 그만두었다.

아직은 때가 아니라는 판단이었다.

적은 마교로 충분했다.

굳이 세분화하는 것은 괜한 혼란만 일으킬 가능성이 있었다.

천산적가는 어차피 오래전부터 중원무림의 적으로 낙인찍혀 있는데다가, 그들이 마교를 주도하든 그저 손을 잡은 것이든 간에 그것만으로 그들은 이미 마교인 것이다.

"결국 마교가 중원 정복을 위해서 몽고족까지 끌어들였다는 것이로군."

"그렇지."

천이탁이 동의하며 부연했다.

"사실 중원 정복을 꿈꾸는 것으로 말하자면 마교보다 몽고족이 더하지. 그 옛날부터 중원은 자신들이 차지해야 마땅한 땅이라고 외치는 자들이 그들이니까."

제갈명이 넌지시 끼어들며 핵심을 찔렀다.

"그런 자들이 통일을 이루었군요."

설무백은 천이탁과의 대화를 끝냈다.

"넌 볼일 다 봤으니, 그만 가라. 그리고 다음에 방문할 일이 있으면 꼭 정문을 통해서 오고, 안 그러면 크게 다칠 거다."

경고였다.

천이탁이 눈치 빠르게 알아차리고는 자리를 털고 일어나며 자못 음충맞게 웃었다.

"확인해 보고 싶어지네."

설무백은 대수롭지 않게 고개를 끄덕였다.

"뭐, 그러던가."

"쳇!"

천이탁이 말리지 않는 설무백의 태도에 오히려 기분이 상했다는 듯 혀를 차며 밖으로 나갔다.

설무백은 천이탁의 기척이 사라지기 무섭게 제갈명을 향해 말했다.

"사사무 좀 불러와. 아무래도 사태를 보다 더 자세히 파악해야 할 것 같다."

"옙!"

제갈명도 사태를 심각하게 인지한 듯 발 빠르게 움직여서 사사무를 데려왔다.

그리고 설무백의 지시를 받은 사사무는 그 길로 이매당의 요원들을 집결시켜서 설무백의 명령을 하달한 뒤, 그 자신은 흑점으로 떠났다.

흑점의 삼태상 중 하나인 유령노조를, 바로 대뢰음사의 주지 뇌정마불의 대제자였던 마하란을 만나기 위해서였다.

사사무가 흑점으로 떠난 그날 저녁, 설무백은 하오문의 석자문과 마주하고 있었다.

설무백이 호출했고, 석자문이 늘 그렇듯 난주와 그리 멀리 떨어져 있지 않아서 당일로 이루어진 만남이었다.

이유는 몽고족의 동향 때문이었다.

개방이 몽고족의 동향을 정확히 파악하고 있는 마당에 하오문이 그에 대한 정보를 얻지 못하고 있다는 것이 못내 찜찜했던 것이다.

그도 그럴 것이, 개방의 정보는 연화락(蓮花落)으로 시작해서 연화락으로 끝난다는 말이 있다.

연화락은 개방도들이 구걸을 할 때 대문간에서 소뼈다귀 두개를 두드리며 장단에 맞춰 부르는 노래인데, 천하대방이라는 이름에 걸맞게 엄청난 인원을 자랑하는 개방도들이 저마다 그런 식으로 구걸을 하며 사람들의 입소문을 듣고, 사람들의 동향을 살피며 얻는 것들을 규합해서 정리한 것이 바로 개방의 정보인 것이다.

사실 이는 그리 오래된 전통이 아니었다.

태조 주원장이 명을 건국하기 이전인 잠룡 시절에 잠시 중노릇을 하다가 살인을 저질러서 도망 다닐 때 그런 식으로 구걸을 해서 주인들에게 대접을 받았다는데, 그것이 모태가 되어서 개방도들의 전통으로 자리 잡은 것이다.

물론 전설은 어디까지나 전설일 뿐, 사실이 아닌 경우가 허다한 것이 현실이니, 개방의 정보가 순전히 연화락으로 이루어진다고는 볼 수 없었다.

하지만 이유야 어쨌든 개방이 알아낸 정보를 하오문이 모른다는 것은 문제가 있었다.

비록 무림에 대한 영향력은 아직 미흡하나, 하오문은 개방도만큼이나 다대한 인원을 보유한 거대방파인 것이다.

"문제가 있지?"

"문제가 있지요."

설무백은 의외로 당당한 석자문의 태도에 피식 웃었다.

사태를 정확히 파악하지 못하고 있다면 이런 당당함이 나올 수 없음을 인지한 까닭이었다.

"근본적인 문제가 무엇인 거 같아?"

석자문이 기다렸다는 듯이 대답했다.

"문제는 우리 하오문이 개방과 달리 무림에서의 영향력이 지극히 미약하다는 겁니다. 그리고 그 문제의 핵심은 당연히 우리 하오문이 개방과 달리 무공의 고수가 없다는 겁니다. 우리에겐 그들처럼 기본적인 활동 이외에 특수한 임무를 수행할 문도가 거의 없거든요."

"특수한 임무?"

"고도의 임무를 수행할 수 있는 요원들이요. 적이나 기타 정보를 얻어야 하는 세력의 내부에 침투시킬 수 있는 첩자말입니다."

설무백은 석자문이 말하는 요지를 파악하고는 고개를 끄덕이며 확인했다.

"그러니까, 이번 개방의 정보는 그런 자들에 의한 것이다?"

석자문이 대답했다.

"개방의 총단에는 분타주에 준하는 삼결이나 호법에 준하는 사결제자로 이루어진 조직이 있습니다. 듣기에는 개목단(眄目團)이라는 유치한 이름이지만, 전문적으로 잠입과 변장술을 익혀서 그 방면에서는 자타가 공인하는 수준이라고 하더군요. 개목단주와 예하의 사대개목은 축골공과 변체환용술까지 가능하다는 얘기를 들었습니다."

설무백은 이제야 모든 것을 수긍하며 물었다.

"걔들 인원이 얼마나 되지?"

"개목단주 예하로 아흔아홉 명이라고 들었습니다."

석자문의 대답을 들은 설무백은 잠시 생각에 잠겼다가 불쑥 물었다.

"너 이제 혼자 다녀도 되지?"

"예?"

"초도가 보호해 주지 않아도 되냐고?"

"아, 예……."

내내 당당하던 석자문이 소침해져서 진땀을 삐질삐질 흘리며 기어 들어가는 목소리로 대답했다.

"주군도 참…… 제가 무공의 무 자도 타고나지 못한 자질이라는 사실을 잘 아시면서……."

"너도 참, 한결 같다."

설무백은 끌끌 혀를 차고는 평소처럼 석자문의 뒤에 시립해 있는 석자문의 쌍둥이 동생, 석자양에게 시선을 주며 물었다.

"초도, 너는?"

석자양이 대답했다.

"약간의 심득은 얻는 것 같습니다."

"청마사인도까지?"

"예."

설무백은 석자양의 대답에 반색했다.

과거 그는 자신의 기본이 되는 내공심법인 청마진결과 그를 기반으로 펼치는 신법은 청마유운보를 석자문과 석자양에게 전수하고, 그들의 적성을 고려해서 각기 한 가지씩의 무공을 더 전해 주었다.

석자문에게는 청마사인도를, 석자양에게는 청마경혼수를 전해 준 것인데, 지난날 그가 점검해 본 결과 석자문은 실로 무공

천외천의
주인

에 대한 재능이 없어서 청마사인도마저 석자양에게 전수해 주었다.

그런데 석자양은 어느새 뒤늦게 수련을 시작한 청마사인도마저 경지를 이루었다고 말하는 것이다.

음침해 보일 정도로 과묵해서 어지간한 일에도 나서기 싫어하는 석자양의 성격을 따져 볼 때, 그가 어느 정도 경지를 이루었다고 말할 정도면 상당한 수준에 이르렀다는 것을 뜻한다.

이는 무공에 대한 석자양의 재능이 그가 평가한 것보다 훨씬 윗길에 있다는 방증이었다.

'이거 기룡이도 한번 확인해 봐야겠는걸.'

무공에 대한 재능이라면 정기룡이 석자양보다 윗길에 있다는 것이 그의 평가였다.

비록 나이는 어리도 석자양만큼이나 과묵하고 심지가 굳은 정기룡인지라 자못 기대가 되지 않을 수 없었다.

"좋아, 그럼 어디 한번 볼까?"

"여, 여기서요?"

석자양이 느닷없는 설무백의 말에 당황했다.

설무백은 그와 상관없이 자리를 털고 일어나서 석자양의 면전에 마주 서며 재촉했다.

"그냥 아무 거라도 좋으니, 자신 있는 수법으로 나를 공격해 봐."

석자양이 거듭 당황하다가 이내 안색을 굳히며 말했다.

"청마사인도로 하겠습니다. 늦게 수련했지만 오히려 성과는 먼저 수련을 시작한 청마경혼수보다 낫습니다."

"기대에 못 미치면 실망할 거다."

설무백은 짐짓 한마디하고는 손가락을 까딱였다.

망설이지 말고 어서 해 보라는 시늉인데, 그 손가락에 걸린 듯한 사람으로서는 매우 모욕감을 느낄 만한 동작이었다.

그러나 석자양은 모욕감을 느끼기는커녕 그저 긴장을 더했다. 그는 지금 자신이 마주한 설무백이 어떤 지경에 달한 무인인지 익히 잘 알고 있는 것이다.

"전력을 다해 보겠습니다!"

"그래야지."

석자양은 설무백의 대답을 듣기 무섭게 길게 심호흡을 하며 칼을 뽑았다. 그리고 그 동작과 하나처럼 연결된 초식으로 칼을 휘둘렀다.

쐐애액-!

거친 칼바람 아래 섬광이 번뜩였다.

한순간에 일어난 엄청난 경기(驚氣)가 폭풍처럼 사납게 설무백의 전신을 휩쓸고 있었다.

거기게 제대로 걸렸다가는 금강동인(金剛銅人)이라도 여지없이 갈라져 버릴 검세(劍勢), 단순히 반월을 그리며 휘둘러지는 것으로 보이지만 기실 그 속에는 여덟 번이나 방향이 틀어지며, 배기와 찌르기가 조화를 이루는 절초였다.

바로 사대절초로 이루어진 청마사인도의 마지막 초식인 청인폭륜절(靑刀暴輪絶)이었다.

그러나 석자양이 펼친 가공할 검세, 청인폭륜절은 설무백의 몸에 닿기도 전에 멈추어졌다.

설무백이 손을 내밀어서 잡아 버렸던 것이다.

"......!"

석자양이 너무나도 어이없고 기막힌지 넋이 나간 표정으로 설무백의 손아귀에 잡힌 자신의 칼을 한없이 바라만 보았다.

설무백은 그게 아랑곳하지 않고 진심으로 치하했다.

"벌써 칠 성의 경지라니, 참으로 놀랍다. 정말 수고가 많았겠구나."

석자양이 그제야 정신이 들어서 감히 설무백의 손아귀에 잡힌 칼을 뽑아내지도 못한 채 감개무량한 표정으로 고개를 숙였다.

"감사합니다!"

설무백은 무인으로서 화도 나련만 그저 감사하다는 석자양의 투박한 순종에 못내 무안해져서 칼을 놓고 물러나며 한마디 충고를 아끼지 않았다.

"그래도 더 정진해야 한다. 구철마수로 잡을 수 없을 정도는 되어야 한다. 청마사인도가 극성에 달하면 극성에 이른 구철마수로는 네 칼을 잡을 수 없을 거다."

"예, 알겠습니다!"

석자양이 다부지게 고개를 숙이며 칼을 갈무리했다.

설무백은 만족한 표정으로 고개를 돌려서 석자문에게 눈총을 주었다.

"넌 대체 그동안 뭐 한 거냐?"

석자문이 계면쩍게 웃으며 너스레를 떨었다.

"에이, 또 그러신다. 제가 무공에 대한 재능이 없다는 걸 잘 아시면서……."

"자랑이다."

설무백은 못내 한 번 더 눈총을 주고는 재우쳐 말했다.

"앞으로 네 호위는 일청도인에게 일임하겠다."

석자문이 눈치 빠르게 물었다.

"하면, 아우에게는 다른 임무를 주시는 겁니까?"

설무백은 고개를 끄덕이며 말했다.

"문도들 중에 쓸 만한 아이들로 아흔아홉 명을 뽑아 내게 데려와라. 네가 부족하다 생각하는 부분을 채워 주도록 하겠다."

석자문이 반색했다.

"우리 하오문에도 개방의 개목단 같은 조직을 만드는 겁니까?"

설무백은 뒤로 물러난 석자양에게 시선을 주며 대답했다.

"수장은 석자양이다."

석자문은 이미 생각해 두고 있었던 것 같았다.

설무백의 말을 다 듣기 무섭게 바로 그 이름이 정해져서 나

천외천의
주인

왔다.

"하오문의 원류는 하류 인생을 사는 다섯 가지 직업이지요. 하니, 오색단(五色團)으로 하겠습니다."

"촌스럽기는……!"

설무백은 짐짓 한마디하며 웃고는 재우쳐 말했다.

"아무튼, 서둘러라. 하도 화약고 같은 세상이라 언제 어느 때 터질지 모르니, 써먹진 못할지언정 체계라도 잡아놓으려면 서둘러야 한다."

"예, 알겠습니다!"

석자문과 석자양은 곧바로 자리를 떠났다. 그리고 모든 일이 일사천리로 진행되었다.

불과 한 달 만에 아흔아홉 명의 인재를 설무백 앞에 대령한 것이다.

중원 전역에 걸쳐 흩어져 있는 하오문도들 중에서 제법 재능이 있다고 판단되는 인재를 추리는 데, 불과 한 달밖에 걸리지 않았다는 것은 실로 석자문이 얼마나 서둘렀는지 대변하는 일이었다.

설무백은 당일 제갈명을 시켜서 풍잔에 그들의 거처를 마련해 주고, 그 즉시 담태파야를 찾아갔다.

오색단으로 명칭이 정해진 조직을 꾸리겠다는 생각을 했을 때부터 그는 무공 교두로 담태파야를 염두에 두고 있었다.

태를 내지 않아서 그렇지 무공에 대한 박학다식함은 풍잔에서 그녀가 제일간다는 사실을 그는 익히 잘 알고 있었기 때문이다.

"제가 그 아이들을 말입니까?"

담태파야는 느닷없는 설무백의 부탁에 매우 난감해하는 모습이었다.

"이 늙은이에게 남을 가르치는 재주는 그다지……."

"요미를 가르쳤지 않습니까. 그 정도면 차고 넘치지요."

"……."

"그들에게 전진도문의 무공을 전수하라는 얘기가 아닙니다. 저는 노고(老姑)의 또 다른 신분이었던 구유차녀 담요의 절기를 그들에게 전해 주었으면 합니다. 차녀파사검(叉女破邪劍)은 그냥 썩히다가 소멸되기에는 아까운 절기라고 생각합니다."

담태파야가 자신의 과거를 인정해 주는 설무백의 말이 싫은 건지 좋은 건지 모르게 침묵하다가 불쑥 정색하며 물었다.

"그러다가 석년의 이 할망구처럼 세간에 지탄받는 악인으로 성장하면 어쩌시려고요?"

석전의 담패파야인 구유차녀 담요가 강호칠대악인의 하나로 악명이 자자했던 요녀였음을 드러내는 말이었다.

설무백은 그저 웃으며 대수롭지 않게 말했다.

"그러지 않도록 가르쳐 주셔야지요."

담태파야가 희미하게 웃으며 말했다.

"알겠습니다. 애들을 맡아 보도록 하지요. 대신 조건이 아니,

부탁이 하나 있습니다."

설무백은 왠지 모르게 의미심장한 그녀의 미소에 가슴이 뜨끔해서 말문이 막혔다.

담태파야가 짐짓 퉁명스러운 목소리로 재촉했다.

"어려운 일 아닙니다."

설무백은 마음을 다잡고 애써 웃으며 예의를 차렸다.

"어려운 일이도 좋으니, 말씀해 보세요."

담태파야가 주름진 두 눈에 힘을 주고 진심을 담은 목소리로 말했다.

"요미를 지금처럼 계속 아껴 주시길 바랍니다. 언제까지나 지금처럼, 그렇게 해 주실 수 있겠지요?"

설무백이 유일하게 사제지연을 맺은 제자인 정기룡을 풍무관으로 부른 것은 석자문이 데려온 하오문의 인재들을 담태파야에게 일임한 그날 저녁이었다.

정기룡은 늘 그렇듯 애늙은이 같은 태도를 보였다.

텅 비어져 있는 풍무관을 보면 무언가 느끼는 것이 있으련만 추호도 다른 감정을 내색하지 않고 침착한 모습이었다.

설무백은 그런 정기룡의 성정이 마음에 들면서도 못내 먹먹한 감정이 드는 것을 막을 수 없었다.

어린 나이에 일찍 세상을 알아 버린 전생의 그처럼 가슴 한 구석에 견고하게 자리 잡은 비애(悲哀)가 느껴졌기 때문이다.

"내가 부른 이유를 아느냐?"

"대충 짐작은 하고 있습니다. 제자의 수련을 점검하시려는 게 아닌가요?"

"그래 그거다. 그간 진전이 좀 있었느냐?"

"나름 애쓰긴 했습니다만, 청마진결은 아직 팔 성에 머물러 있고, 청마유운보와 청마경혼수, 청마사인도는 간신히 구 성의 경지에 들어섰습니다."

설무백은 기꺼운 표정으로 고개를 끄덕였다.

전날 석자양의 경지를 보고 그보다 뛰어난 무재라고 생각한 정기룡의 수준을 얼추 유추했었는데, 과연 그의 생각과 일치하는 경지였다.

그뿐 아니라, 어리지만 석자양만큼이나 진중한 정기룡의 성정으로 볼 때 그보다 높으면 높았지 절대 낮지는 않을 것이다.

"네가 올해로 약관이던가?"

"예."

"좋아."

설무백은 마음을 정하며 말했다.

"비선 진광의 절기인 청마진결은 파괴적인 면을 극대화한 무공이라 중도에 다른 무공을 섭렵하기가 어렵다. 자칫 혼용하다가 주화입마에 빠지기 십상인 까닭에 나 역시 청마진결이 팔 성에 이를 때까지는 다른 무공을 섭렵하지 않았다. 한데, 팔 성의 경지에 올랐다니, 이제는 괜찮을 듯하구나."

"……!"

정기룡의 두 눈이 반짝였다.

제아무리 진중한 성격의 그도 어쩔 수 없는 무인인 것이다.

설무백은 감정이 아주 메마른 것은 아니다 싶어서 내심 기꺼워하며 본론을 꺼냈다.

"나는 강호에 나온 이후부터 못내 가슴에 못이 박이도록 안타깝게 여기는 일들이 있다. 천하삼기 사부님들의 성명절기가 뭉크러트려져서 본색을 잃은 것이 그중의 하나인데, 그분들의 절기는 그 자체로 완성된 무공임에도 내 개인적인 욕심으로 인해 그렇게 되었기 때문이다. 해서, 나는 그분들 중 후인을 두지 못한 나백 사부님과 척신명 사부님의 성명절기를 마땅한 후인에게 전함으로서 미약하나마 그분들에게 사죄하려고 한다. 물론 네게 그만한 역량이 있다면 말이다. 할 수 있겠느냐?"

정기룡이 잠시 뜸을 들이다가 대답했다.

"제자, 그 전에 먼저 고백하고, 용서를 구할 것이 하나 있습니다."

설무백은 의외의 대답에 이채로운 눈빛을 드러냈다.

"말해 보거라."

정기룡이 말했다.

"제자, 양가장에 머물면서 십자경혼창에 입문했고, 감히 사부님의 허락도 없이 무진과 소소에게 청마진기와 청마유운보를 전수해 주었습니다. 죄송합니다, 사부님."

설무백은 화내지 않았다.

의외의 말이긴 했으나, 오히려 좋게 보았다.

십자경혼창의 경우 얼마 전까지 내내 양가장에 머물고 있었으니, 절로 눈에 들어왔으리라.

눈에 보이면 배우지 않을 수 없는 것은 무인의 욕심이기 이전에 인지상정인 것이다.

그리고 지난날 개미굴의 형제들인 무진과 소소에게 무공을 전한 것도 못내 아쉽긴 하나, 나쁘게 보진 않았다.

무인의 특성상 자신의 절기를 남에게 전해 주는 것은 보통의 도량으로는 가당치 않은 일이었다.

"그래서 십자경혼창의 수위는 어느 정도이냐?"

정기룡이 대답했다.

"얼마 전 후삼식에 입문해서 오 성의 경지입니다."

설무백은 내심 놀랐다.

제아무리 만류귀종이라는 말이 있지만, 그간 청마진결상의 신법과 도법, 권법을 팔 성이 넘는 수위까지 수련하면서 창법 중에서도 난해하기로 정평난 양가창의 비전까지 오성의 경지를 이룩했다니, 실로 대단했다.

정기룡이 가진 무재가 그의 상상을 초월한 것이다.

"무진과 소소에게 청마진기와 청마유운보를 전해 준 이유는?"

"무진과 소소가 십자경혼창의 전칠식을 끝내고 후삼식에 입문한 이후부터 별다른 성과 없이 답보를 거듭하고 있었습니다. 다만 저는 상대적으로 빠르게 습득하고 있었는데, 그 이유는 청마유운보와 십자경혼창의 상생관계가 매우 좋아서였습니다. 해서, 도움을 주려고……."

"그래서 성과는?"

"후삼식을 접하고부터 답보를 거듭하던 그들도 어느새 사 성의 경지를 이루었습니다."

기다렸다는 듯이 대답하는 정기룡의 목소리에는 자부심이 가득했다.

자신의 선택이 옳았다는 자랑을 하고 싶은 것이다.

설무백은 그 점이 아쉬웠다.

"실수를 했구나."

정기룡이 당황했다.

"시, 실수라고요?"

설무백은 사실을 말해 주었다.

"천하삼기 사부님들의 무공이 그 자체로 완전하듯 양가장의 십자경혼창 또한 그 자체로 완성된 무공이다. 그리고 그 완성의 본질은 양가장의 비전인 천지일기공과의 조화다."

"……!"

정기룡은 이제야 깨달은 듯 충격을 먹은 표정이었다.

설무백은 그런 정기룡을 향해 빙그레 웃으며 계속 말했다.

"너는 편법으로 십자경혼창을 빠르게 습득할 수 있었던 거다. 편법이 딱히 나쁜 것만은 아니나, 좋게만 볼 수 없다. 습득이 빠를지는 몰라도 본질에서 벗어난 길이기 때문이다. 따라서 편법을 쓰면 대성해서 그것이 추구하는 극의에는 도달할 수 없고, 도달해도 보통은 본류의 극의보다 아래로 처진다. 지름길로 가면 빠르긴 하나, 본래의 길로 갔을 때 보고 듣고 느낄 수 있는 것들을 경험해 보지 못하게 되는 것과 같은 이치지. 무도에서 이는 매우 중요하다."

"아……!"

정기룡의 표정이 참담하게 일그러졌다.

타고난 무재답게 설무백이 말하고자 하는 바를 정확히 이해한 것이다.

"하면, 이제 무진과 소소는……?"

설무백은 가만히 웃는 낯으로 말했다.

"아니, 너도 그 아이들도 이대로도 괜찮다. 말했다시피 편법은 나쁘다고도 좋다고도 볼 수 없고, 너희들은 이제 시작이니까. 다만 이제부터라도 극의는 대성을 이룬 다음에 모색하도록 해라. 무도에서 중도에 다른 길을 찾는 것은 시작이나 끝에서 도모해야지 중도에 하면 사념에 빠지기 쉽고, 자칫 엉뚱한 길로 들어서서 막힐 수도 있다."

정기룡이 깊이 고개를 숙이며 대답했다.

"예, 알겠습니다! 명심 또 명심하겠습니다, 사부님!"

설무백은 흡족하게 웃었다.

자신의 과오를 깨닫고 진심으로 후회하는 사람은 흔치 않다.

진실보다는 자기 자신을 중요하게 생각하는 사람이 대부분이기 때문에 그저 보고 싶은 것만 보고 듣고 싶은 것만 듣는다.

그게 자신에게 이롭다고 생각하기 때문이다.

대부분의 사람은 누구나 다 욕심쟁이이고, 자신의 욕심을 채울 수만 있다면 진실 따위는 안중에도 없다.

정기룡의 됨됨이는 그런 면에서 거의 완벽했다.

와중에도 자신보다 먼저 형제들인 무진과 소소를 챙기고 걱정하는 마음이 실로 설무백의 기분을 흡족하게 해 주었다.

설무백은 그런 내색을 삼가며 말을 더했다.

"대신 무진과 소소는 이제 더 이상 양가장의 후예로 남을 수 없다. 데려와서 네 밑에 두거라. 양 숙부와 귀매에게는 내가 따로 얘기를 전하도록 하마."

"아, 예……."

정기룡이 그 부분은 또 미처 생각하지 못한 듯 그늘진 안색으로 변해서 힘없이 고개를 숙였다.

설무백은 그 모습을 보며 힘을 주었다.

"대신 그 아이들은 네가 끝까지 책임져야 한다. 내가 네게 전해 주는 것들을 얼마든지 네 뜻대로 그 아이들에게 전해 주어도 된다는 얘기다."

"그, 그래도 됩니까?"

"네가 보기에 그 아이들의 능력이 된다면 그래도 된다."

정기룡이 실로 기뻐하며 새삼 넙죽 고개를 숙였다.

"감사합니다, 사부님! 필히 신중하게 살피고 또 살펴서 그 아이들을 끝까지 책임지겠습니다!"

설무백은 그런 정기룡을 보며 피식 웃다가 이내 정색하며 넌지시 말했다.

"그러려면 우선 너부터가 제대로 배워야겠지?"

정기룡이 다부지게 대답했다.

"옙!"

설무백은 싱긋 웃어 주고는 정기룡을 그 자리에 내버려둔 풍무관의 중앙으로 나섰다.

그의 손에는 어느새 환검 백아가 들려 있었다.

"네게 전해 줄 것은 나백 사부님의 심득인 역천마뢰인이다. 역천마뢰인은 그야말로 천변만화의 환검이다. 구결에 따라 변화하는 초식을 시연해 보일 테니 잘 보고 뇌리에 새기거라."

말이 끝나기 무섭게 환검 백아가 징징 울고, 설무백의 전신이 아지랑이처럼 흔들리는 기운에 휩싸였다.

그 상태로, 설무백은 춤을 추기 시작했다.

검극이 움직이는 순간부터 수십 개의 검극이 허공을 따라 파도치듯 너울대며 나타났다가 사라지기를 반복하는 검무(劍舞), 생전의 나백이 최강의 환검이라 자부하던 역천마뢰인의 초식이었다.

시간이 멈추어졌다.

한순간에 다른 세상이 펼쳐진 것처럼 보였다.

설무백의 손끝에서 움직이는 검극이 시간에 구애받지 않고 때론 깃털처럼 부드럽고 우아하게, 때론 추상같이 매섭고 싸늘하게 허공을 가로지르며 수십 수백 개의 점과 선으로 이어진 백색의 검영(劍影)을 그려 내고 있었다.

마치 꿈같고, 환상 같았다.

장내가 온통 검극으로 빽빽이 들어찼음에도, 지근거리에 서서 바라보는 정기룡은 머리카락 한 올도 다치지 않고 있어서 더욱 그랬다.

모든 것이 보이고 느껴지는 것 같았으나, 사실은 하나도 존재하지 않는 것처럼 몽환적인 춤사위.

바로 과거, 나백이 죽기 전에 설무백에게 시연해 준 바로 그 검무, 역천마뢰인이 그때보다 더 완성된 형태로 원숙하게 펼쳐지고 있는 것이다.

그러던 어느 한순간…….

쐐애액-!

당시 그때처럼 매서운 소음이 터지며 장내를 가득 매우고 있던 수십 수백의 검영이 거센 바람에 휩쓸린 갈대처럼 일제히 방향을 틀어서 정기룡을 향해 무섭게 쇄도했다.

"아……!"

벼락같이 강렬하고 폭풍같이 엄청난 그 기세 앞에서 정기룡은 과거 당시의 설무백처럼 방심한 초식동물처럼 넋이 나간 상태로 탄성을 흘리며 그대로 서 있었다.

역시가 그날의 설무백처럼 수백의 검영이 물거품처럼 사라지며 장내가 본래의 모습을 되찾을 때까지.

아무 일도 일어나지 않았다.

그러나 정기룡은 만일 설무백이 역천마뢰인을 기세를 회수하지 않았다면 자신은 산산조각 나서 가루로 화했음을 느끼고 있었다.

설무백은 언제 꿈같고 환상 같은 춤을 췄냐는 듯 수중의 환검 백아를 요술처럼 사라지게 만들며 정기룡을 향해 말했다.

"역천마뢰인은 허실(虛實)의 분별(分別)이 없어서 시전자의 의지에 따라 환상을 현실로 바꿀 수도 있고, 현실을 환상으로 바꿀 수도 있는 신묘한 공능을 가졌다. 만일 네가 역천마뢰인을 대성한다면 능히 천하십검의 수좌를 노릴 수 있고, 천하십대고수의 한자리를 차지할 수 있을 거다."

정기룡은 귀신에 홀려서 넋이 나간 표정으로 대답했다.

"저, 저기…… 한 번만 더 볼 수 없을까요?"

설무백은 정기룡을 아끼는 마음에 마땅히 역천마뢰인을 한 번도 시연해 보이려 했으나, 아쉽게도 그럴 수가 없게 되었다.

근자에 들어서 풍잔에는 그게 명성을 좇는 낭인이든 그저 명성에 기대서 도움을 청하려는 길손이든 간에 설무백을 찾아오는 사람들이 많았는데, 하필 이때도 그랬다.

"주군! 영내를 순찰하다가 우연찮게 뒷마당으로 쥐새끼처럼 잠입하려는 계집을 하나 잡았는데, 자기는 손님이라고 박박 우기는뎁쇼?"

문밖을 지키던 공야무륵과 함께 풍무관으로 들어선 천타의 보고였다.

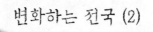

변화하는 전국 (2)

근자에 풍잔을 찾아오는 사람이 많긴 했지만, 그게 매번 일일이 다 설무백에게까지 보고되지는 않았다.

쓸데없는 불청객이다 싶으면 알아서 적당히 타일러서 돌려보내고, 쓸 만한 인재다 싶으면 풍잔의 일원으로 받아들인 다음, 제갈명이 주기적으로 설무백에게 보고하는 것이 상례였다.

결국 천타가 달려와서 보고한다는 것은 상대가 그만큼 가볍지 않은 인물이라는 뜻인 것이다.

"데려와."

설무백은 슬쩍 풍무관의 문을 일별하며 말했다.

우연찮게 잡았다는 자칭 손님이 문밖에 끌려와 있는 것을 이미 간파하고 있었던 것이다.

과연 두말없이 고개를 숙이고 돌아선 천타가 풍무관의 문을 열자, 호풍대의 대주 맹효가 포박당한 흑의여인 하나를 앞세우고 풍무관으로 들어섰다.

설무백은 첫눈에 흑의여인을 알아보았다.

그녀는 바로 흑수혈의 특급 살수인 흑지주였다.

"혹시나 했더니만, 과연 너였구나?"

천타가 이채로운 눈빛으로 물었다.

"주군이 아는 계집…… 아니, 여자입니까?"

"전날 북경상련에 갔을 때 어찌어찌 안면을 익혔지. 흑수혈의 흑지주야."

"아, 어쩐지 칼끝이 제법 매섭다 했더니만, 내력이 있는 계집, 아니, 여자였군요."

"다친 애들은 없고?"

설무백의 질문을 들은 천타가 슬쩍 맹효를 일별하며 웃었다.

"저 녀석이요."

맹효가 정색하며 부정했다.

"다치긴 누가 다쳤다고……! 아니에요! 조금 긁혔을 뿐입니다!"

천타가 눈을 부라렸다.

"긁힌 건 안 다친 거냐? 까불지 말고 입 닥치고 있어. 너를 비롯해서 호풍대 전원은 오늘부터 수련을 배로 올린다!"

맹효가 울상이 되었다.

이해가 가는 반응이었다.

지난번 설무백의 지도대련 이후 풍잔의 모든 식구들의 수련 수위가 가뜩이나 높아졌는데, 거기서 다시 배라면 실로 피똥을 싸야 할 터였다. 다만 그런 내막을 알 도리가 없는 불청객, 흑지주는 실로 어이가 없다는 표정, 독살스러운 눈빛으로 천타를 노려보고 있었다.

자신이 풍잔의 담을 넘기 무섭게 잡힌 것도 황당해서 죽을 지경인데, 자신을 어스래기 취급하는 천타의 태도가 그녀의 분노를 격발시킨 것이다.

"아까는 내가 방심했을 뿐이다! 너희들이 이 시간에도 고슴도치처럼 몸을 도사리고 있을 정도로 겁이 많은지 내가 몰랐다! 다시 해보자!"

"무슨 소린지……."

천타가 대수롭지 않게 흑지주의 말을 무시하고는 설무백을 향해 히죽 웃으며 물었다.

"얘도 청소를 시킬 거면 미리 말씀해 주십시오. 금 가 애들에게 신축되는 건물까지 맡기는 건 너무 무리거든요."

"처, 청소……?"

흑지주가 황당해했다.

설무백은 그저 피식 웃으며 말했다.

"일단 기다려 봐. 무슨 일로 찾아온 건지부터 듣고."

그리고 흑지주에게 시선을 고정하며 예상하고 있던 바를 꺼냈다.

"아이들을 데려온 거냐?"

흑지주가 잠시 뜸을 들이다가 대답했다.

"그, 그래. 그게 약속이니까."

설무백은 웃는 낯으로 물었다.

"근데, 왜 이렇게 늦은 거야?"

흑지주가 발끈했다.

"늦긴! 빠른 거지! 흑수혈과 북경상련의 계약을 처리하고 온 거야! 그리고 애들이라고! 이 시국에 이백 명이 넘는 애들을 데려오는 게 어디 쉬운 줄……!"

설무백은 말을 잘랐다.

"애들은 어디에 있어?"

흑지주가 은근슬쩍 천타 등의 눈치를 보았다.

설무백은 눈총을 주었다.

"여기까지 와서 누구 눈치를 보는 거야?"

흑지주가 소침해져서 대답했다.

"난주 외곽 모처에…… 아직 여기 사정을 잘 몰라서……."

설무백은 불쑥 물었다.

"동쪽 야산이야?"

흑지주가 흠칫 놀랐다.

"그걸 어떻게……?"

그때 인기척과 함께 풍무관의 문을 열고 뛰어 들어오는 사람이 있었다.

화사였다.

"저기 주군, 동쪽 야산에 웬 아이들이 바글바글한데요?"

난주의 동쪽은 화사의 대가 경계하는 지역이었다.

설무백은 풍무관을 향해 급히 달려오는 그녀의 기척을 감지하고는 아이들의 위치를 유추한 것이었다.

"데려왔어?"

"아니요. 거미 아줌마가 돌아올 때까지는 절대 꼼짝도 하지 않겠다고……?"

대답하던 화사가 흑지주를 보고는 눈을 끔뻑이며 재우쳐 물었다.

"얘예요, 거미 아줌마가?"

설무백은 대답 대신 흑지주에게 면박을 주었다.

"대체 여기까지 데려와서 왜 그런 짓을 하냐? 약속이다. 내가 약속은 지키는 사람이라고 말했잖아. 빨리 가서 데려와!"

맹효가 눈치껏 흑지주를 포박한 줄을 풀어 주었다.

흑지주가 '쳇' 하고 혀를 차고는 서둘러 밖으로 사라졌다.

설무백은 즉시 맹효에게 명령했다.

"혹시 모르니 애들 좀 데려가서 도와줘."

"옙!"

맹효가 바로 흑지주를 따라갔다.

어리둥절해하고 있던 화사가 그제야 물었다.

"무슨 일이에요?"

설무백은 그녀에게 북경상련에 있었던 일을 설명해 주었다.
그리고 덧붙여 지시했다.

"제갈명에게 가서 삼백 명 정도 되는 아이들의 거처를 마련
하라고 전해. 아주 어린애들도 있다고 하니까, 유모도 좀 알아
보라고 하고."

화사가 돌아섰다가 다시 돌아서서 말했다.

"유모는 내가 구하도록 하지요. 그간 외각 순찰을 돌면서 난
리 통에 남편을 잃고 고생하는 아낙들을 꽤나 사귀었거든요."

"그러든지."

설무백의 말을 들은 화사가 기꺼운 표정으로 돌아서서 풍무
관을 빠져나갔다.

그 모습을 보며 천타가 말했다.

"화 대주가 애들을 무척이나 좋아하거든요."

설무백은 슬쩍 공야무륵을 일별하며 수긍했다.

"그럴만하지. 조실부모하고 오래도록 오빠와 둘이서만 살았
으니까."

공야무륵이 끼어들어서 말했다.

"그것과는 별개의 일입니다."

설무백이 쳐다보자, 그가 무심하게 부연했다.

"동생이 하나 있었습니다. 어린 나이에 역질(疫疾 : 천연두)을 이
기지 못하고 죽었죠."

설무백은 쓰게 웃었다.

"다들 아픔이 많아."

흑지주는 자리를 떠난 지 두 시진 만에 돌아왔다.

삼백여 명의 아이들이 그녀를 따르고 있었다.

풍잔이 오랜만에 북새통을 이루었다.

어지간한 일도 조용히 처리하는 풍잔이었으나, 상대가 삼백여 명에 달하는 아이들인지라 다른 방도가 없었다.

아이들이 죄다 여독에 지친 거지꼴인데다가 젖먹이까지 포함되어 있어서 더욱 그랬다.

다행히 아이들은 새로운 환경에 빨리 적응했다.

불과 며칠도 지나질 않아서 풍잔은 아이들이 뛰어노는 놀이터가 되었다. 그리고 거기에는 흑지주의 역할이 지대했다.

흑지주는 바로 떠나지 않고 남아서 아이들 곁을 지키며 보살폈다. 살기로 그득한 그녀의 눈빛도 천진난만한 아이들 앞에서만큼은 순한 양처럼 변했다.

설무백은 그것을 보고 결정했다.

"보모로 남아. 북경상련에는 내가 전하도록 하지."

흑지주는 거부하지 않았다.

혈뇌사야가 깊은 잠에 빠져 있던 혈가의 식구들을 데려온 것은 그로부터 나흘이 지난 날의 밤이었다.

그리고 다음 날 새벽에는 때마침 설무백의 지시에 따라 흑점으로 갔던 귀매 사사무도 돌아와서 다 함께 자리할 수 있었다.

"유령노조께서 말하길 따르면 타타르족의 칸인 아르게이는 호전적인 성격을 타고난 맹수이고, 일찍이 몽고를 통일하고 중원 정복을 이루지 전까지는 절대 백식(白食)을 먹지 않겠다고 선언한 전대 칸이자 아버지 바르게이보다 더한 고집불통의 야망가랍니다."

몽고족의 주식은 백식과 홍식(紅食)으로 나뉜다.

백식은 몽고족의 말로 순결하고 고상한 음식이라는 뜻으로, 동물의 젖을 가공한 음식을 말하고, 홍식은 주로 소와 양, 낙타고기 등의 육류를 말하는데, 몽고족이 백식을 먹지 않겠다고 사는 것은 실로 단호한 결의를 의미한다.

몽고족의 전통상 백식은 손님에게 반드시 대접해야 하고, 가족이나 친지가 먼 길을 떠날 때도 여행의 안전을 기원하는 차원에서 반드시 먹게 하는 음식이기 때문이다.

즉, 아르게이의 아버지이자 전대 칸인 바르게이는 몽고족을 통일하고 중원 정복을 이루기전까지 자신은 순결하지 않으며, 매사에 안전을 도모하지 않겠다는 맹세를 한 것과 같은 것인데, 그런 바르게이보다 더한 고집불통의 야망가가 작금의 칸인 아르게이라는 것이다.

"아르게이가 타부족 출신인 당대 천산파의 장로인 라난 솔롱가의 무기명 제자가 된 것도 그 야망에 비롯된 일일 거라고 하네요. 몽고족에게 막대한 영향력을 행사하는 천산파를 곁에 두기 위해서 죽을 때도 고개를 뻣뻣이 들고 죽는다는 칸이 타부

천의천의
주인

족인 라난 솔롱가에게 고개를 숙였다는 겁니다."

설무백은 절로 미간을 찌푸렸다.

"결국 전쟁을 피할 수 없다는 소리군."

사사무가 동의했다.

"유령노조께서도 그렇게 말했습니다. 몽고족을 통일한 자신의 힘을 과시하기 위해서라도 필시 어떤 식으로든 중원을 넘볼 거라고 하더군요."

설무백은 쓰게 입맛을 다셨다.

"방식은 이미 정해져 있지."

사사무가 그의 내심을 읽으며 물었다.

"역시 마교를 통하겠죠?"

"아무래도 그렇겠지."

내내 침묵한 채로 그들의 대화를 듣고 있던 혈뇌사야가 조심스럽게 나서며 말했다.

"얘기를 듣고 보니 조금 이상한 부분이 있습니다. 제가 직접 확인한 바는 아니나, 천산파의 장로 라난 솔롱가의 제자는 과거 중원을 침공했던 혈교의 후예라고 들었습니다. 무기명 제자도 엄연히 제자인 이상 그 부분을 한번 자세히 알아보는 것이 좋겠습니다."

설무백이 예리하게 알아들으며 물었다.

"아르게이가 바로 그 혈교의 후예일 수도 있다고 생각하는 거야?"

혈뇌사야가 인정했다.

"라난 솔룽가의 제자는 하나뿐이라는 얘기를 들었습니다. 나중에라도 제자를 더 거두었다면 제가 모를 리 없고 말입니다."

설무백은 잠시 생각하다가 난감한 표정으로 입맛을 다셨다.

"그걸 확인해 보려면 그쪽으로 사람을 보내는 수밖에 없는데, 지금으로서는 마땅히 보낼 사람이……."

"있습니다."

혈뇌사야가 의미심장한 미소를 지으며 누군가를 불렀다.

"나서거라."

혈뇌사야의 뒤로 붉은 안개가 서리더니, 이내 짙어지며 두 사람의 모습으로 변했다.

대나무처럼 바싹 마른 체구에 반달처럼 크게 휘어진 거대한 반월도를 등에 지고 있는 실눈의 사내, 혈뇌사야의 첫째 제자인 혈검사영과 작은 체구에 민머리, 눈썹까지 없어서 허여멀건 낯빛이 더욱 창백해 보이는 사내, 혈뇌사야의 둘째 제자 혈검우사였다.

혈뇌사야는 그중 혈검우사를 일별하며 말했다.

"작은 놈이 다른 건 다 큰 놈에게 처지지만, 은신술 하나 만큼은 앞섭니다. 타의 추종을 불허할 정도로 뛰어나지요. 게다가 늘 밖으로 나돌길 좋아해서 그쪽의 지리에 밝으니, 적임자가 아닌가 싶습니다."

설무백은 굳이 혈뇌사야의 부연이 아니더라도 혈검우사의

은신술을 익히 인정하는 바였다.

은신술만큼은 요미와 버금가는 수준이었다.

"다녀올래?"

혈검우사가 고개를 숙이며 어눌한 목소리로 대답했다.

"시켜 주시면…… 실망시켜 드리는 일은…… 없을 겁니다."

혈뇌사야가 계면쩍게 웃으며 나섰다.

"애가 혀가 짧아서…… 절대 거만한 게 아닙니다."

설무백은 픽 웃는 낯으로 혈검우사를 바라보며 말했다.

"다녀와."

혈검우사는 그 길로 마교총단이 주둔한 난주의 서부, 하서
외랑의 중심부인 주천부로 떠났다.

설무백은 그 자리에서 사사무에게 새로운 지시를 전했다.

"아무려나, 덕분에 사사무 네가 바빠지네. 북경에 좀 다녀와
야겠다. 아버지를 한번 만나 봐. 사태를 모르실 분은 아니지만,
혹시 또 모르니 확인은 해 봐야지."

사사무가 즉시 자리를 털고 일어났다.

"알겠습니다. 그럼 다녀오겠습니다."

"아참."

설무백은 깜빡했다는 듯 밖으로 나서는 사사무를 불러서 말
했다.

"기룡이에게 무신과 소소를 붙였어. 실수를 하는 바람에 더
는 양가장에 둘 수 없어서 그런 거니까, 알아서 잘 부려."

"실수요?"

"양가창의 느린 진보가 답답했는지 그동안 편법을 써서 수련하고 있었어. 나쁘게 볼 일은 아니지만, 양 숙부가 사람은 좋아도 그런 식으로 정통성을 구기는 건 아주 질색하는 사람이란 말이지."

사사무가 히죽 웃으며 대답했다.

"혈기방장한 애들이 정종심법과 정종무공의 지난한 수련을 견디기는 매우 어려운 법이지요. 알겠습니다. 무진과 소소라면 저도 잘 압니다. 제법 뛰어난 애들이니 이매당의 전력에 도움이 되리라 봅니다."

설무백은 그렇게 사사무마저 떠나보내고 나서야 자리를 털고 일어났다.

혈뇌사야가 물었다.

"어디를 가시려고요?"

"양가장."

설무백은 싱긋 웃으며 재우쳐 말했다.

"같이 가자. 그쪽 식구들과도 안면은 터야지."

축시(丑時 : 오전 1~2시)를 넘어선 시간임에도 양가장의 장주 양웅은 잠들지 않고 깨어 있었다.

"어서 오시게."

양가장의 실내연무장인 융성관(隆盛館)이었다.

양웅은 상체를 드러낸 채 땀에 흠뻑 젖은 모습으로 설무백 등을 맞이했다.

연무를 하던 중이었는데, 그의 곁에는 두 아들인 양위보, 양위명 형제가 지켜보고 있었다.

"이 시간에 어쩐 일인가?"

격의 없이 지내며 수시로 들락거리긴 하지만, 설무백이 이런 시간에 방문한 것은 오랜만이었다.

호방한 성격에 양웅도 오늘만큼은 진중한 태도로 설무백이 대동한 낯선 혈포노인 혈뇌사야를 예의 주시하고 있었다.

"소개할 사람이 있어서요. 그동안 여의치 않아서 미루고 있었는데, 더 이상 미루면 예의가 아닌 것 같아서 결례를 무릅쓰고 이 시간에 방문했습니다."

"우리 사이에 결례는 무슨……."

양웅이 멋쩍게 웃는 낯으로 손을 내저으며 재우쳐 물었다.

"이분이신가?"

설무백은 혈뇌사야를 소개했다.

"혈가의 가주이신 혈뇌사야 노야십니다. 저와 뜻이 맞아서 풍잔의 예하로 들어오셨습니다."

"……!"

양웅의 눈이 커졌다.

애써 내색을 누르지만, 실로 기겁한 모습이었다.

그런 그를 향해 혈뇌사야가 먼저 공수했다.

"혈뇌사야요. 단지 풍잔의 예하로 들어온 것은 아니오. 본인과 혈가는 단지 설무백, 설 공자를 주군으로 모시게 되었을 뿐이오."

"아, 그런……!"

양웅이 서둘러 마주 공수하며 말을 더듬는 것으로 기막힌 놀라움을 드러냈다.

"야, 양웅이오."

그리고 바로 설무백을 바라보며 물었다.

"내가 그냥 이렇게 인사해도 되는 건가, 조카님?"

여러 가지 의미가 담긴 질문이었다.

그도 혈가가 중원 정복을 꿈꾸는 마교의 세력 중 마도오문의 하나라는 것을 익히 잘 알고 있는 것이다.

설무백은 웃는 낯으로 대답했다.

"어렵게 생각하지 마십시오, 숙부님. 마교와 우리는 단지 견해와 이상인 이념이 다를 뿐이고, 혈노는 그저 저들과 같다고 생각했으나, 따지고 보니 그게 아니라서 제게 왔을 뿐입니다. 거기에 다른 곡해나 모색은 없습니다. 저는 새로운 동료를 얻었고, 그에 만족합니다."

양웅이 이제야 풀어진 기색으로 미소를 드러냈다.

"조카님이 그렇다면 그런 것이지."

그다음에 그는 새삼스럽게 정중한 태도를 취하며 혈뇌사야를 향해 공수했다.

"다시 정식으로 인사드리겠소. 양가장을 이끌고 있는 양웅이라고 하오. 앞으로 잘 부탁드리겠소."

혈뇌사야가 멋쩍은 표정으로 슬쩍 설무백을 쳐다보며 쩝쩝 입맛을 다셨다.

"중원무림의 격식은 알수록 영 익숙하지가 않네요. 인사에도 정식이 있다니 말입니다."

설무백은 대수롭지 않게 웃으며 대꾸했다.

"알려고 하지 말고, 그냥 적응해."

혈뇌사야가 누런 이를 드러내며 따라 웃었다.

"그러는 중입니다."

설무백은 그제야 시선을 돌려서 양위보와 양위명을 향해 말했다.

"너희들도 인사드려. 한식구가 되었으니, 앞으로 자주 보게 될 거다."

양위보와 양위명이 혈뇌사야를 향해 정중하게 공수했다.

"양위보입니다."

"양위명입니다."

혈뇌사야가 가볍게 마주 공수하며 이채로운 눈빛을 드러냈다.

"역시나 주군 곁에는 인재가 많군요."

설무백이 기껍게 웃는 낯으로 대답했다.

"양가장의 대들보이자, 미래를 이끌어 갈 인재들이야. 세상이 작금과 같지만 않았다면 벌써 무림행에 나서서 양가장의 명성을 드높였을 텐데, 아쉽게 되었지."

혈뇌사야가 의외라는 눈빛으로 설무백을 바라보았다.

"어째 후하시네요? 역시 팔은 안으로 굽는다는 건가요?"

"뭐, 그럴지도……."

설무백은 대충 말을 얼버무리고는 양웅을 향해 말했다.

"아, 그리고 숙부. 한 가지 말씀드릴 것이 있습니다. 아무래도 무진과 소소는 제가 거두어야 할 것 같습니다. 애들이 욕심이 과해서 본의 아니게 실수를 저지른 바람에 더 이상 양가장에 머물게 할 수 없게 되었습니다."

양웅이 짐짓 곱지 않게 변한 눈빛으로 설무백을 바라보았다.

"어쩐 일로 애들을 칭찬하나 했더니만, 엉큼하게 이 말을 하려고 그랬군그래."

설무백은 어색한 미소를 흘렸다.

"아니에요. 빈말이 아닙니다. 애들의 기도가 현앙해졌어요."

양웅이 사람 좋아 보이는 웃음을 흘렸다.

"그냥 하는 말일세. 무진과 소소도 그래. 내가 그 아이들의 변화를 모를까 봐? 진작부터 그 아이들의 성장에 천지일기공과는 다른 진기가 개입했음을 눈치채고 있었네. 언제 조카님에게 말해야 하나 기회를 보고 있었다네."

설무백은 진심으로 사과했다.

"죄송합니다. 애들의 과욕으로 심려를 끼쳤습니다."

"무슨 소리!"

양웅이 손사래를 쳤다.

"이게 어디 조카님이 사과할 일인가. 사과를 한다면 제대로 지도하지 못한 내가 해야지. 미안하네. 혈기방장한 애들의 욕심을 내가 너무 간과했어. 너그럽게 이해해 주게."

"별말씀을……!"

"어쨌거나, 알았네. 무진과 소소는 데려가게. 자네도 알다시피 경지를 이루지 못한 상태에서 다른 진기의 도움을 받았다면 그 아이들이 양가창의 극의에 달해도 그건 이미 양가창이 추구하는 극의가 아닌 것이니, 아쉽지만 어쩔 수 없지. 자칫 다른 아이들의 물을 흐릴 수도 있고 하니, 내 선에서 그냥 무기명 제자로 하겠네."

"이해해 주셔서 감사합니다."

설무백은 진심으로 고개 숙이며 고마움을 전했다.

그 모습을 보고 혈뇌사야가 감탄했다.

"이건 놀랍군요. 어떤 무공이든 극의의 경지가 높아질 수만 있다면 타류의 진기를 가리지 않고 수용하는 것이 마도인의 자세라서 말입니다. 더 높은 경지에 오를 수 있더라도 그게 본류에서 추구하는 극의가 아니기 때문에 거부한다?"

혈뇌사야가 재우쳐 물었다.

"정통성을 위해서라면 그게 더 강해질 수 있는 길이라도 포기한다는 건가요?"

양웅이 두 눈을 끔뻑이며 혈뇌사야를 바라보았다.

그걸 정말 몰라서 묻나 하는 표정이었다.

설무백도 양웅과 같은 생각이었으나, 적어도 그는 대수롭지 않게 웃을 수 있었다.

그의 생각은 양웅보다 넓은 까닭인데, 다만 설명을 해 주지 않고 그냥 넘어갈 수는 없었다.

"그것과는 조금 다른 문제지. 소위 비인부전(非人不傳) 부재승덕(不才承德)과 관계된 문제지. '사람됨에 문제가 있는 자에게 재능을 전수하지 말며, 재주나 지식이 덕을 앞서게 해서는 안 된다. 인간 됨됨이가 갖춰지지 않은 자에게는 가르침을 주지 마라'라는 중원의 성어는 혈노도 잘 알지?"

"알긴 압니다만……?"

"생각의 바탕은 그 사람의 인품에 있고, 생각은 바로 행동이자 선택으로 연결되지. 그래서 어떤 사람이 무슨 생각을 하고 사는지는 그 사람의 선택을 보면 알 수 있는 거야. 그래서 그래. 그게 어떤 생각에서든 일단 한 번이라도 정해진 길을 벗어난 사람은 틀림없이 다음에도 같은 상황이 닥치면 새로운 길을 모색할 테지. 애초에 정해진 길에서 점점 더 멀어지는 거야. 이미 같은 길을 가는 사람이 아니니, 함께할 수 없는 거지."

혈뇌사야가 묘하게 웃었다.

"마도인의 범주에선 참으로 신선한 발상이군요. 약육강식, 강하면 올라설 수 있다가 마도인의 기본이니까요."

설무백은 어깨를 으쓱했다.

"그건 이쪽도 같아. 다만 같은 길을 가지 않는 사람과 함께하지 않을 뿐이야. 한번 벗어난 사람은 다시 또 벗어날 수도 있으니 주의하고 경계하는 거지."

그는 슬쩍 양웅을 일별하며 부연했다.

"사실 그런 식의 인성과 인품을 기른다고 당장 뭐가 잘되는 건 아니야. 다만 인성이 평가받는 순간은 생각보다 빨리 오고, 그로 인해 평판이 만들어지는 것도 순식간이지. 사람은 매순간 모든 행동 말투 표정에서 인성이 드러날 수밖에 없고, 그것이 평판이 되어 돌아오는 거야. 그리고 그 평판은 그 사람만이 아니라 그 사람과 함께하는 사람들의 몫이기도 하지. 그래서 주의하고 경계하는 거야. 애초에 싹을 자르는 거지."

혈뇌사야가 이의를 제기했다.

"결국 그것 역시 정통성을 위해서가 아닌가요? 강하지 않아도 좋으니 정통성은 지켜야 한다, 뭐 이런 거 아닙니까?"

설무백은 고개를 저었다.

"정통성을 지켜야 한다는 건 맞지만, 강하지 않아도 좋다는 뜻은 아니야. 양가창은 자체로 완정된 무공이고, 완성된 무공은 이미 그 무공이 아니라 그것을 대하고 배우는 사람의 자질에 따라서 고하가 갈리는 법이니까."

혈뇌사야가 이제야 알겠다는 듯 고개를 끄덕이며 대답했다.

"강호무림에서 삼류검법으로 취급받는 삼재검법도 재능이

있는 자가 쓰면 그 어떤 고절한 검법과도 자웅을 결할 수 있는 것과 같은 이치라는 소리군요."

"그렇지."

설무백은 잘라 말했다.

"사람들은 그걸 두고 소위 정통의 힘이라고 하지. 그래서 비인부전이요, 부재승덕이라는 거야. 그것이 무엇이든 선택의 순간에 어떤 행동을 하느냐가 인성을 떠나서 그 사람의 본질이지. 그런데 사부가 완성된 무공으로 가는 길을 제시했음에도 불구하고 자위적으로 그 길을 벗어나서 새로운 길을 간다면 그들은 이미 사제지간이 아닌 거야. 그건 사부가 제시한 길을 부정한 것이고, 또한 그건 사부를 인정하지 않는 짓이니까. 사부의 입장에선 바르게 생각하는 인성이 부족한 사람으로 생각할 수밖에 없고 말이야."

그는 힘주어 덧붙였다.

"바르게 생각하지 못하는 사람은 아무리 머리가 좋고 재능이 뛰어나도 그것을 옳게 쓸 수 없어. 매순간 위기가 닥쳤을 때 혹은 큰 기회가 주어졌을 때 마찬가지로 바르게 생각하지 못할 거야. 한번 잘못된 방향으로 가지를 뻗은 나무는 계속해서 그 방향으로 자랄 수밖에 없는 것과 같은 이치지. 사람의 생각은 나무처럼 가지를 뻗어서 자라는 법이니까."

그는 본의 아니게 자신의 주장이 장황해짐을 느끼고 싱긋 웃으며 말을 끝맺었다.

"간단한 일일지라도 주어진 원칙과 도덕을 지켜야 해. 적어도 정식으로 계승되어 오는 바른 계통의 무공을 익힐 자격을 잃지 않으려면 말이야. 그게 기명과 무기명의 차라고도 할 수 있는데, 보통은 내치는 것이 상례지만 이번 경우는 양 숙부가 내 얼굴을 봐서 크게 배려한 거지."

혈뇌사야가 이제야 마도와 다른 정도의 이념과 사상을 어느 정도 이해했다는 듯 고개를 끄덕이며 말했다.

"사실이 그렇다면 과연 정도는 후하군요. 개념상으로 그런 지경이라면 마도는 그 아이들을 이런 식으로 처리하지 않았을 겁니다. 바로 목을 베었을 테지요."

설무백은 웃는 낯으로 대답했다.

"구대문파처럼 강력한 사승내력으로 이어지는 문파였다면 그처럼 과격한 결단을 내렸을 수도 있었겠지. 하지만 양가장은 그들과 다르게 혈연으로 이루어진 가문이야. 형제자매의 목을 쳐서 어쩌자고?"

"하지만 그 아이들은……?"

"그들도 같아. 애초에 양가장에 들어온 순간부터 양가장의 식구인 거야."

혈뇌사야가 단호한 설무백의 말이 물러서며 인정했다.

"하긴, 의형제도 형제는 형제니까요."

설무백은 피식 웃고는 말을 받았다.

"예로부터 강호무림의 무가에는 가신가문이라는 것도 있지.

그 아이들은 바른 생각을 못했지만, 그건 몰라서 그런 것이니 알고도 그런 것이 아니야. 그러니 얼마든지 바로잡을 수 있어. 양 숙부도 그래서 그 아이들을 완전히 내치지 않고 무기명 제자로 인정해 주신 것이지."

기실 양웅은 미처 그런 생각까지는 못했던 것 같았다.

설무백의 말을 듣기 무섭게 반색하는 눈빛을 드러냈다.

체면을 중시하는 중원인답게 그저 설무백의 얼굴을 봐서 배려한 결정이었다는 방증이었다.

다른 사람이었다면 그냥 조용히 넘어갔을 것이다.

하지만 양웅은 투박할 정도로 호탕한 성정의 소유자답게 껄껄 웃으며 그것을 드러냈다.

"하하, 그건 또 미처 생각하지 못했군. 인생사 새옹지마(塞翁之馬)라더니, 이거 조카님 덕분에 훌륭한 가신을 얻게 되었군그래. 하하하……!"

설무백은 오히려 자신이 무안해졌다.

"그보다 온 김에 애들 수련이나 좀 봐주도록 하지요."

그는 못내 서둘러서 양위보와 양위명의 수련으로 화제를 돌렸다.

"어디 한번 볼까?"

설무백이 양가장의 대들보이자, 미래라고 인정한 양위보와 양위명 형제는 과연 기대를 저버리지 않았다.

어느새 오 성의 경지에 달한 그들의 십자경혼창은 맑은 샘물처럼 투명하게 티 하나 없으면서도, 도도하게 흐르는 거대한 강물의 밑바닥처럼 웅혼한 힘을 품고 있었다.

그리고 태풍처럼 강렬했으며, 벼락처럼 빨랐다.

무공의 강약을 떠나서 올곧게 십자경혼창의 진정한 오의에 접근하고 있을 때만이 보여 줄 수 있는 신위였다.

한 가지 아쉬운 것은 아직 그들의 내공이 부족하다는 것이었으나, 그것은 시간이 해결해 줄 일이었다.

그들이 한눈팔지 않고 정진한다면 언젠가는 기필코 도달할 고지라는 것이 설무백의 눈에는 보였다.

설무백은 그래서 감회가 새로웠다.

과거 설무백의 외조부인 신창 양세기는 자신이 이룩한 양가 창의 비기가 사장되는 것을 우려해서 후계자를 찾아 천하를 떠돌기까지 했었다.

양가창이라는 이름이 무색하도록 더 없이 가공할 위력을 지닌 십자경혼창의 본연의 신위를 발휘할 수 있는 인재가 양가장에는 없다고 판단했기 때문이다.

양가장이 기본적으로 가신을 포함해도 이백 명을 넘지 않는 적은 인원의 가문인데다가, 그가 아들을 얻지 못하고 딸만 둘이라, 그것도 말년에 얻은 딸들이라 더욱 그랬다.

혈연을 떠나서 가신들은 물론, 기를 쓰고 사윗감을 빙자한 제자를 물색했음에도 마땅한 후계자를 찾을 수가 없었다.

신창 양세기는 그 정도의 천재였고, 그와 같은 천재는 좀처럼 아니, 매우 나기 힘든 것이다.

그러나 안타깝게도 양세기는 천하를 돌며 백방으로 노력했음에도 불구하고 끝내 후계자를 찾는 데 실패했다.

무림 십대고수의 반열에 오른 양세기가 저마다 스스로 빛날 뿐이라는 삼신의 하나였던 이유가 거기에 있었다.

누구나 다 그를 천하에서 열 손가락 안에 들 정도의 초절정의 고수라고 인정하지만, 그게 다고 전부였다.

저 높은 곳에 홀로 우뚝 서 있을 뿐, 후계자 하나 없이 홀로 쓸쓸하게 늙어 가고 있었던 것이다.

양세기는 그러다가 우연찮게 외손주인 설무백을 만났고, 마침내 십자경혼창이 사장되는 것을 막을 수 있었다.

진리는 먼 곳에 있지 않다는 식으로, 아니, 두드리면 언젠가는 열린다는 식으로 외손주인 설무백이 그가 내내 갈구하던 십자경혼창의 진정한 오의를 깨달을 수 있는 무재였던 것이다.

당시 양세기는 설무백을 만나고, 그 재능을 알아봤을 때 얼마나 가슴이 벅찼을까?

설무백은 양위보와 양위명이 펼치는 십자경혼창의 경지를 보면서 그 당시 외조부 양세기가 느꼈을 벅찬 감정을 어느 정도 이해할 수 있었다.

내가 이룬 성과가 아님에도 가슴이 떨릴 정도로 기쁘고 마냥 흐뭇한 것은 그것 말고 다른 것으로는 설명할 수 없는 감정이었다.

그리고 그 와중에 그는 다시금 깨달았다.

양세기가 찾지 못한 인재를 그가 찾은 것은 양세기의 안목이 그보다 못해서가 아니었다.

그저 그때는 없던 것들이 지금은 있는 것이다.

'역사가 변하고 있다! 아니, 변했다!'

설무백은 그동안 못내 그가 가진 전생의 기억 속에 양가장에는 신창 양세기 이외에 이렇다 할 고수가 없었다는 점이 마음에 걸렸다.

하지만 이제 그와 같은 우려를 완전히 벗어나서 더없이 홀가분해졌다. 이제부터 펼쳐질 역사 또한 그가 아는 역사와 다를 것임을 확신할 수 있기 때문이다.

'그 속에서 전에 요절했던 내 운명은······?'

다른 사람은 절대 알 수 없는 그만의 상념은 절로 찾아든 그 의문과 함께 끝났다.

양위보에 이어 나선 양위명의 시연이 끝났기 때문이다.

설무백은 전력을 기울인 듯 전신이 땀으로 흠뻑 젖은 양위보와 양위명을 바라보며 진심으로 치하했다.

"잘했다. 제대로 가고 있으니, 멈추지 말고 정진해라."

양위보와 양위명이 매우 기뻐하는 모습으로 고개를 숙였다.

"알겠습니다, 형님!"

설무백은 그 길로 양가장을 나서서 풍잔의 거처로 돌아왔다.

늦은 잠을 청하기 위해서였으나, 아쉽게도 그에게는 그럴 여유가 주어지지 않았다.

예상하지 못한 격변이 다시금 일어났다.

하오문의 석자문이 쾌활림의 사도진악이 흑도천상회의 회주 자리를 차지했다는 소식을 가져왔던 것이다.

"팔황신마가 밀려났다고?"

"아직 자세한 내막은 전해지지 않았으나, 그런 것 같습니다."

"팔황신마의 행방은?"

"실종이랍니다."

"실종?"

"정식으로 반기를 들고 일어난 것이 아니라 암살일 가능성이 높다는 얘기지요."

"흑선궁의 부약운은? 그녀는 안전한가?"

"그녀에 대한 정보는 들어온 것이 아직 없어서……."

"내가 실수했군."

설무백은 자책했다.

사도진악이 예상보다 일찍 칼을 뽑아 들었다.

"내가 팔황신마의 능력을 너무 높게 평가한 것 같다."

팔황신마가 건재한 이상 사도진악이 쉽게 발호하지 못할 것이라고 판단한 그의 예상이 깨진 것이다.

아니, 어쩌면 사도진악이 그의 예상보다 더 강해진 것인지도 모른다.

설무백은 즉시 자리를 털고 일어났다.

"부약운이 위험하다!"

석자문이 당황하며 말했다.

"지금 주군이 가신다고 해도 현실적으로 불가항력입니다. 사
도진악이 팔황신마를 제거할 정도의 힘을 가졌다면 사나흘 안
에 흑도천상회의 모든 혼란이 종결될 겁니다. 아니, 이미 종결
되었을 가능성이 농후합니다."

설무백은 잠시 머뭇거렸다.

그의 머리가 빠르게 돌아갔다.

이내 그는 다시 자리에 앉으며 명령했다.

"당장 가능한 모든 연락망을 동원해서 최대한 빨리 흑점으로
연락을 취해라. 지체 없이 움직여서 흑도천상회의 주변 길목을
철저히 살펴보라고 해. 그녀라면 분명 사달이 나기 전에 낌새를
눈치채고 빠져나왔을 거다. 그 정도 머리는 있는 여자다. 사도
진악의 성격상 직접 나서서라도 절대 그녀를 놔주지 않을 테니,
어서 서둘러라!"

설무백이 나중에 알게 되는 사실이지만, 사도진악의 행동에
대한 그의 예상은 틀렸다.

정확히는 반만 맞았다.

부약운은 그의 예상대로 사전에 흑도천상회를 탈출했다.

그러나 사도진악은 직접 나설 거라는 그의 예상과 달리 그녀를 쫓지 않았다.

대신 흑도천상회의 영내에 있는 모처의 지하에 구성된 복잡한 회랑을 거슬러서 거무튀튀한 철문 앞에 도착해 있었다.

"열어라."

사도진악의 뒤에는 공식적인 대제자인 비연검룡 마천휘와 흑사자들의 수좌인 흑룡이 따르고 있었고, 그 뒤에는 다시 검은 복면으로 얼굴을 가린 두 사내가 시립해 있었다.

마천휘와 흑룡이 나서기 전에 그들, 두 복면인이 나서서 철문을 열었다.

철문이 열리자, 고약한 약초 냄새가 코를 찔렀다.

사도진악은 익숙한 듯 표정 하나 변하지 않고 철문 안으로 들어갔다.

"오셨습니까."

추레한 몰골의 노인 하나가 고개를 숙이며 사도진악을 맞이했다.

쾌활림의 군사인 독심광의 구양보였다.

사도진악은 구양보의 인사와 상관없이 실내를 둘러보았다.

실내는 차가운 돌벽 아래 몇 개의 등록이 밝혀진 침침한 실내였고, 한겨울처럼 몹시도 싸늘했다.

마치 한겨울의 지하 뇌옥과도 같은 분위기인데, 그 중앙에는 돌 침대가 놓여 있고, 그 위에는 싸늘한 기온에도 불구하고 얼굴이 선혈로 낭자한 노인 하나가 홀딱 벗겨진 알몸으로 사지를 벌린 채 누워 있었다.

노인은 죽은 듯이 보였으나, 죽지 않았다.

그저 사지가 쇠스랑에 결박당해 있는 것일 뿐이었다.

또한 노인의 얼굴이 선혈로 낭자한 것은 단순히 두들겨 맞았거나 해서 피 칠갑을 한 것이 아니었다.

노인의 얼굴에 낭자한 피는 그의 두 눈에서, 정확히는 두 눈이 있던 자리에서 뿜어져 나온 것이었다.

노인은 두 눈알이 뽑혀져서 퀭하게 뚫린 구멍에 검게 죽은피가 그 자리를 대신하고 있는 것인데, 그 상태로도 그는 사도진악이 들어서기 무섭게 슬쩍 고개를 돌리는 것으로 자신이 아직 살아 있음을 드러내는 것도 모자라서 미소를 지으며 알은척을 했다.

"오셨는가?"

사도진악이 태연하게 웃으며 인사를 받았다.

"왔네. 처리할 일이 있어서 조금 늦었어. 그사이 별래무양(別來無恙)했는가?"

노인이 물었다.

"나야 뭐 별일 있을 게 어디 있나. 그보다 처리할 일은 다 처리했고?"

사도진악이 웃는 낯으로 대답했다.

"뭐 대충 다 처리했지. 덕분에 자네에게 실망이 아주 크네. 과무기가 조금 버티긴 했지만, 나머지 애들은 생사천이라는 이름이 무색하게도 죄다 도망치기에 바쁘더군. 냉유성 자네가 애들을 잘못 가르친 게야."

그랬다. 두 눈알이 빠진 처절한 몰골로 돌 침대에 사지가 결박당해 있는 노인은 바로 무림사마의 하나로, 흑도천상회의 회주 자리를 꿰찼던 팔황신마 냉유성인 것이다.

그 냉유성의 흉한 얼굴이 시무룩해졌다.

"인정하네. 명색이 대제자란 녀석의 암습에 당해서 이 모양이 꼴이 되었으니, 변명의 여지가 없지. 입이 열 개라도 할 말이 없네. 미안하이."

상황에 어울리지 않게 사과까지 한 냉유성이 사뭇 애절한 목소리로 재우쳐 말했다.

"그래서 하는 말이네만, 내가 졌네. 패배를 인정해. 그러니 부탁하는데, 옛정을 생각해 이제 나는 그만 풀어 주는 게 어떻겠나? 내가 이런 몸으로 어디서 뭘 할 수 있겠나. 그저 심산유곡으로 들어가 남은 인생을 조용히 정리하고 싶을 뿐이라네."

사도진악이 마치 냉유성이 보기라도 하듯 기꺼이 고개를 끄덕이며 대답했다.

"그야 이를 말인가. 자네 말마따나 옛정을 생각해서라도 자네를 이렇게 죽게 할 수는 없는 일이지. 다만……."

은근히 말꼬리를 흐린 사도진악의 눈빛에 사악한 기운이 서렸다.

그 상태로, 그가 다시 말을 이었다.

"자네에게 받아 낼 것이 하나 있을 뿐이네. 자네가 그것만 내게 주면 나는 더 이상 자네를 은퇴를 하던 안 하던 구속하거나 귀찮게 하지 않고, 자유롭게 살도록 놓아줄 것이네."

냉유성이 기꺼운 표정으로 고개를 끄덕였다.

"여부가 있겠나. 그게 무엇이든 자네가 달라는 것은 다 주겠네. 내가 가진 것은 이미 다 자네 것인데, 주고 말고 할 것이 어디에 있겠나. 어서 말해 보시게나. 무엇을 바라는가?"

사도진악이 태연하게 말했다.

"자네의 진원지기(眞元之氣)를 바라네."

가뜩이나 흉악한 냉유성의 표정이 더 할 수 없이 흉악하게 일그러졌다. 애써 침착하게 대응하던 냉유성의 평정이 와르르 무너져 버린 것이다.

"지, 진원지기⋯⋯?"

사도진악이 고개를 끄덕이며 대답했다.

"그래, 진원지기. 내가 자네에게 바라는 게 그걸세. 그것만 내게 주면 자네는 자유로운 몸이 되는 걸세. 어떤가? 쉽고 간단한 일이지."

냉유성이 극도로 분노한 기색이면서도 애써 차분한 목소리로 대답했다.

"이보게, 진악. 지금 무슨 말을 하는 겐가? 자네도 알다시피 무릇 진원지기라는 것은 당사자가 원한다고 해서 마음대로 주고받을 수 있는 것이 아니질 않는가. 그걸 모르지 않을 자네가 어찌 그런 얼토당토 않는 말을……!"

사도진악이 음흉스럽게 웃으며 말을 잘랐다.

"그 걱정은 하지 말게. 그건 내가 다 알아서 할 테니까. 자네는 그저 그렇게 편안히 누워 있기만 하면 되네."

냉유성이 마침내 당황을 드러냈다.

"대체 그게 무슨 말도 안 되는……!"

"그게 말이 된다네."

사도진악이 태연하게 잘라 말했다.

"이제 자네도 알다시피 내가 마교와 교류하지 않았겠나. 그런데 마교에 그런 게 있더군. 전통적인 중원무림의 채음보양(採陰補陽)이나 채양보음(採陽補陰)과 달리 사람을 매개체로 해서 다른 사람에게 진기이전(眞氣移轉)을 할 수 있는 방법이 말일세."

"……!"

냉유성은 놀라고 당황해서 말문이 막힌 표정이었다.

"걱정 말게. 자네는 아프지도 않고 다치지도 않을 게야. 자네는 그저 즐기기만 하면 된다네."

사도진악이 굳어진 얼굴의 냉유성을 향해 의미심장한 한마디를 더하고는 뒤쪽에 시립하고 있던 독심광의를 향해 물었다.

"준비되었나?"

"예, 잠시만……!"

독심광의가 즉시 대답하고는 서둘러 밖으로 나갔다. 그리고 이내 두 명의 여인을 대동하고 돌아왔다.

　속이 훤히 들여다보이는 나삼 자락만을 걸쳐서 빼어난 몸매가 고스란히 드러나는데다가, 어딘지 모르게 멍한 눈빛으로 인해 백치미가 돋보이는 이십 대의 여인들이었다.

　"주군께서 알려 주신 색술(色術)인 옥녀십팔법(玉女十八法)을 마지막 단계까지 수련시킨 채(蔡)와 봉(鳳)입니다. 혹시 몰라서 다량의 영약으로 체력을 보강해 두었습니다. 물론……."

　슬쩍 고개를 돌린 독심광의가 의미심장한 미소를 드러내며 냉유성을 바라보았다.

　"저자에게는 이미 춘약(春藥)을 먹여 두었고요."

　냉유성이 이를 갈았다.

　"그럼 아까 물이라고 준 것이……?"

　독심광의가 아랑곳하지 않고 부연했다.

　"채와 봉이 색술을 통한 채양보음을 끝내면 주군께서 바로 채음보양을 통해서 채와 봉의 진기를 흡수하시면 됩니다."

　사도진악이 득의한 미소를 지으며 고개를 끄덕였다.

　"알았으니, 다들 나가서 기다리도록 해라."

　독심광의가 돌아섰다.

　사도진악을 따라왔던 마천휘와 흑룡 등이 그 뒤를 따라서 밖으로 나섰다.

　그러나 이내 사도진악의 입가에 그려졌던 미소가 사라졌다.

밖으로 나서던 독심광의 등의 발길을 멈춘 것도 그 순간이었다. 누군가 다급하게 달려오는 기척이 들렸기 때문인데, 이윽고 모습을 드러낸 사람은 바로 흑표였다.

"무슨 일이냐?"

사도진악이 기분이 잡친 표정으로 윽박을 지르듯 묻자, 흑표가 헐떡이던 숨도 고르지 못한 채 대답했다.

"부약운, 그 계집에게 보낸 자객들이 시체로 발견되었습니다! 아무래도 사전에 눈치를 채고 대비를 했던 것 같습니다!"

"이런……!"

사도진악이 분노했다.

"추적대는?"

"제연검 독고인이 벌써 출발했습니다!"

"안 돼!"

"예?"

흑표가 어리둥절해하자, 사도진악이 눈을 부라리며 면박을 주었다.

"그년이 누구와 연결되어 있는지 몰라서 그래! 당장에 흑사자들을 총출동시켜! 아니, 아니다!"

그는 곁에 있던 비연검룡 마천휘와 흑사자들의 수좌인 흑룡에게 시선을 주며 명령했다.

"너희들이 나서라! 그년을 절대 놓치지 마!"

변화하는 전국 (3)

흑도천상회의 총단이 자리한 무한에서 서쪽으로 가장 가까운 도시인 한천부(漢川府)의 동편에 뿌리내린 지악산(至惡山)은 '악에 이른다'는 이름이 의미하는 그대로 하남성에서만큼은 험하기로 유명한 산이었다.

다만 험한 만큼 경치 또한 절경이라 시시때때로 수많은 사람들이 찾는 산이기도 했다.

오늘도 그랬다.

온통 푸름으로 물들어 가는 봄날의 지악산은 요소요소가 빼어난 절경이요, 우람한 장관이었다.

하물며 오후나절의 한가한 미풍을 타고 퍼지는 꽃향기가 하늘높이 떠다니며 즐거운 듯 지저귀는 새들과 합창과 더불어 보이는 이들의 가슴을 푸근하게 유혹하고 있었다.

누구라 해도 지금처럼 화창한 봄날에 그런 그림 같은 풍경의 조화를 대하면 무언가 아련한 그리움에 잠겨 발길을 멈출 수밖에 없을 것이다.

그러나 세상은 천태만상이라 도무지 그럴 수 없는 사람도 있었다. 아니, 사람들이었다.

"헉헉……!"

일단의 무리는 숨이 턱에 차서 헐떡이면서도 쉬지 않고 달리고 있었다.

그것도 길이 아닌 길, 수풀과 넝쿨이 한 대 어우러진 가파른 비탈길이었다.

인원은 다섯 명, 바로 흑도천상회를 탈출한 흑선궁의 비접 부약운과 대장로 소상우사 방능소, 장로 이면검(異面劍) 채양(蔡鶴) 그리고 이젠 흑선궁의 주력으로 자리 잡은 소장파의 수좌들인 섬전수 표인과 적봉 홍인매가 바로 그들이었다.

그들은 이미 물에 빠졌다가 나온 사람처럼 전신이 땀으로 흠뻑 젖어 있었다.

특히 대장로 방능소와 장로 채양은 온몸에 상처까지 입고 있는데, 채양의 경우는 매우 심각한 수준이었다.

달릴 때마다 땀과 핏방울이 같이 흘러내리고 있었다.

그리고 결국 상처 입은 노구의 채양이 더 이상 버티지 못했다.

꽈당-!

힘겹게 달리던 채양이 고꾸라졌다.

비탈길의 돌부리에 걸려서 넘어진 것이다.

상승의 무공을 익힌 무인이 돌부리에 걸려서 넘어진다는 것은 상식적으로 있을 수 없는 일이었다.

그만큼 그의 체력이 한계에 달해 있다는 방증이었다.

다들 놀라서 발길을 멈추고 채양을 돌아보았다.

채양이 입가에 거품이 배었을 정도로 단내가 나는 입으로 다급히 말하며 손을 내저었다.

"그냥 가시오, 궁주! 나는 이제 한계요! 차라리 여기서 길목을 지키며 시간을 벌어서 궁주의 안전을 도모하겠소!"

부약운은 허락하지 않았다.

"말도 안 되는 소리 마세요! 나보고 구명지은을 버리는 거예요! 절대 그럴 수 없어요! 그건 살아도 산목숨이 아니에요!"

그랬다. 채양은 방능소와 함께 새벽 무렵, 부약운의 침소로 잠입한 자객들을 사전에 발견하고 격전을 벌이다가 상처를 입었던 것이다.

그녀가 사전에 주의를 주고 대비하도록 지시했다고는 하나 그들이 자객들의 침입을 간파하지 못했다면 지금 온몸에 상처를 입은 것은 그들이 아니라 그녀였을 터였다.

"조금만 더 힘을 내세요. 이 산만 넘으면 서북쪽으로 방향을 틀어서 형주부(荊州府)를 통해 장강을 탈 겁니다. 여기까지 와서 다시 장강으로 향하리라고는 놈들이 예상하지 못할 테니, 그때는 충분히 쉴 수 있습니다."

표인이 재빨리 채양을 부축했다.

채양이 그런 표인의 손을 뿌리치고 엎드리며 간곡히 말했다.

"부탁입니다, 궁주! 이러면 저야말로 살아도 산목숨이 아닙니다. 하물며 이런 저로 인해 궁주께서 어떤 해라도 입으신다면 제가 어찌 죽어서 선대 궁주님의 얼굴을 뵐 수 있겠습니까. 부디 허락해 주십시오, 궁주!"

부약운은 지그시 입술을 깨물었다.

허락할 수도 없고, 허락하지 않을 수도 없는 갈등이 그녀를 괴롭히는 모습이었다.

그때 어디선가 들려온 비아냥거림이 그녀의 갈등을 송두리째 날려 버렸다.

"놀고들 자빠졌네!"

부약운 등이 지나온 대여섯 장 아래인 비탈길이었다.

길목에 자리한 바위에 서생 차림의 사내 하나가 모습을 드러내고 있었다.

머리에 백건을 두르고 허리에는 철검을 맨 그 사내는 바로 팔황신마의 대제자인 제염검 독고인이었고, 그 뒤로 다시금 이십여 명의 사내들이 모습을 드러냈다.

독고인이 대동한 생사천의 고수들이었다.

독고인이 보란 듯 뒷짐을 지며 거듭 비아냥거렸다.

"어떻게 알고 쥐새끼처럼 도망쳤는지는 몰라도, 너희들의 행운은 여기까지다. 이제 그만 포기하고 쥐새끼처럼 발악하다가 죽어라. 아니, 아니지."

문득 고개를 저으며 말을 그친 그가 자못 음충맞은 기소를 흘리며 부약운을 향해 덧붙여 말했다.

"너는 나와 할 일이 좀 있으니, 조금 더 살 수 있겠다. 그런 반반한 얼굴로 태어나서 수궁사(守宮砂)도 지우지 못하고 죽으면 너무 억울할 거잖아. 흐흐흐……!"

수궁사는 규중처자들이 동녀(童女)임을 드러내는 상징이다.

지금 독고인은 부약운에게 음심을 드러낸 것이다.

대번에 칼을 뽑아 든 부약운이 독기 어린 눈빛으로 독고인을 쏘아보며 냉소를 날렸다.

"사부 등에 칼을 꽂은 폐륜아 주제에 주둥이만 살아서 나불나불 잘도 지껄이는구나! 자신 있으면 어디 한번 나서 봐라! 썩은 시궁창 냄새 풀풀 나는 그 주둥이에 쪼그라든 네놈의 양물을 쑤셔 넣어 주마!"

독고인이 한 방 맞은 표정을 지었다.

아무리 무림에 사는 여자라도 그렇지 이렇게까지 난잡한 말을 서슴없이 뱉어 낼 줄은 미처 몰랐던 것이다.

하지만 그 역시 보통은 넘는 사내였다.

이내 예의 음충맞은 미소를 짓고는 보란 듯이 군침을 삼켰다.

"화끈한 여자네? 이거 정말 온몸이 뻑적지근하게 기대가 되는 걸 그래?"

그 순간!

"발정 난 쓰레기 새끼!"

외마디 욕설과 함께 어느새 소매 속에 들어가 있던 적봉 홍인매의 손이 빠져나와서 독고인을 향해 펼쳐졌다.

치리리리릭—!

요란한 파공음이 울렸다.

원래 암기는 소리 없이 펼쳐야 효과가 좋은 법이지만, 지금 홍인매가 펼친 암기는 오히려 귀가 따가울 정도의 굉음을 냈다.

과중한 소음을 일으켜서 적의 이목을 흐리기 위함으로 지난날 설무백이 인정했던 그녀의 암기, 무림십대흉기 중의 하나인 백비접이 공간을 가르는 것이었다.

독고인이 감히 경시하지 못하고 측면으로 미끄러지며 수중의 칼을 휘둘렀다.

채챙—!

예리한 금속성이 터지며 불꽃이 튀었다.

간발의 차이로 독고인의 칼이 홍인매가 날린 백비접을 막아낸 것이다.

홍인매가 어느새 신형을 날려서 튕겨지는 백비접을 회수하고는 그대로 허공에서 다시금 날렸다.

독고인이 재차 자리를 이동하며 칼을 휘둘러서 백비접을 막아 내고는 악에 받친 목소리로 소리쳤다.

"쳐라!"〉

　생사천의 고수들이 일제히 신형을 날렸다.

　방능소와 채양, 표인이 마주 신형을 날려서 그들을 맞이하는 가운데, 부약운도 행동에 나섰다.

　부약운은 빙판을 미끄러지듯 앞으로 쏘아져서 홍인매가 날린 백비접을 막아 낸 독고인을 노리고 있었다.

"어림없는 수작!"

　독고인은 기다렸다는 듯 쇄도해 가는 그녀를 마중하며 칼을 휘둘렀다.

　백색의 도기가 파도처럼 출렁였다.

　까강─!

　거친 금속송이 터졌다.

　불꽃이 튀고 조각난 검기가 사방으로 비산했다.

　하나로 합쳐졌던 부약운과 독고인이 그 순간에 저마다 누가 뒤에서 당기기라도 하듯 빠르게 떨어졌다.

　막상막하의 격돌이었다.

　독고인의 눈빛이 이채롭게 빛났다.

　부약운의 무력이 의외로 대단한 경지였던 것이다.

　그러나 아직도 그는 웃을 수 있었다.

　그에게는 아직 드러내지 않은 비기가 있었기 때문이다.

물론 아직은 아니다.

이 따위 어린 계집을 상대로 애써 감추고 있던 비기를 꺼내는 건 수치다.

"발악 그만하고 곱게 자빠져라 계집!"

물러나던 독고인이 욕설과 함께 신형을 반전해서 부약운을 향해 화살처럼 쏘아졌다.

그의 도극이 풍차처럼 돌며 검기의 회오리를 일으키고 있었다.

부약운의 얼굴이 일그러졌다.

그녀는 아직 자세를 바로잡지 못한 상태였다.

막상막하로 보인 앞선 격돌이 사실은 그녀가 약간 밀렸던 것인데, 그 상태에서 막강한 경력을 일으키며 쇄도하는 독고인의 도극은 그녀에겐 최악이었다.

그러나 독고인의 상대는 그녀만이 아니었다.

애초에 그를 공격했던 홍인매도 있었다.

치리리리릭-!

예의 요란한 소음이 장내를 가로질렀다.

튕겨진 백비접을 회수하느라 물러났던 홍인매가 재차 독고인을 노리고 백비접을 날린 것이다.

"쳇!"

독고인은 어쩔 수 없이 부약운을 노리던 공격을 포기하고 뒤로 물러났다.

그대로 공격을 감행하면 충분히 그녀를 거꾸러트릴 자신이 있었지만, 그 역시 홍인매의 백비접에 적잖은 상처를 입을 수밖에 없어서 물러난 것이다.

부약운이 그 순간을 노리고 득달같이 달려들며 검을 휘둘렀다. 막대한 검기에 휩싸인 그녀의 검극이 간발의 차이로 독고인의 가슴을 훑었다.

서걱-!

검극은 닿지 않았으나, 거기 서린 검기가 독고인의 가슴 옷깃을 베어 버린 것이다.

"익!"

독고인이 휘날리는 자신의 가슴옷깃을 보며 분노했다.

몸에는 상처를 입지 않았지만, 자존심에 입은 상처가 컸다.

하지만 우선은 한 번 더 뒤로 물러나야 했다.

부약운의 검극이 한 번 휘둘러지는 것에 그치지 않고 거짓말처럼 반전해서 연이어 그의 가슴을 노리고 있었기 때문이다.

서걱-!

부약운의 검극이 다시금 독고인의 가슴옷깃을 베었다.

이번에는 앞서보다 깊었다.

옷깃이 날아간 독고인의 가슴에 붉은 피가 비치고 있었다.

"이런 개 쌍……!"

독고인이 욕설을 뱉어 내며 이를 갈았다.

부약운은 그에 아랑곳하지 않고 재차 그림자처럼 그를 따라

붙으며 검을 뻗어 냈다.

빨랐다. 그리고 예리했다.

앞서와 마찬가지로 검극이 닿기도 전에 먼저 도착한 검기가 그의 가슴을 한 번 더 찔러서 피를 냈다.

그리고 그 순간 날아온 홍인매의 백비접이 그의 어깨를 훑고 지나갔다. 그가 반사적으로 몸을 틀지 않았다면 어깨가 아니라 목을 훑고 지나갔을 것이다.

치리리리릭–!

백비접의 요란한 파공음이 멀어지는 가운데, 뒤늦게 독고인의 어깨에서 피가 튀었다.

"이런 개 같은 년들이······!"

신음 대신 욕설을 뱉어 낸 독고인의 눈빛에서 쇠라도 녹일 듯한 원한의 불길이 뿜어져 나왔다.

부약운은 어디까지나 냉정하게, 그야말로 독사같이 차가운 눈으로 독고인을 직시하며 달려들었다.

이번에야말로 끝장을 볼 생각으로 전신의 공력을 끌어 올린 그녀였다.

그때 예기치 못한 상황이 독고인의 목을 노리려던 그녀의 검극을 멈추게 만들었다.

"억!"

익숙한 목소리가 흘려낸 신음이 부약운의 귓속을 파고들었다.

채양의 억눌린 신음이었다.

부약운은 부지불식간에 물러나며 고개를 돌려서 채양의 상황을 확인했다.

채양은 뒷걸음질 치는 중이었다.

그의 어깨에서는 분수 같은 핏물이 뿜어지고 있었다.

칼을 들고 있던 그의 한쪽 팔이 어깨에서부터 썩둑 잘려져 나간 것인데, 그 팔은 여전히 칼을 잡은 채로 생사천의 고수 하나의 가슴에 틀어박혀 있었다.

채양이 상대하던 적의 가슴을 노리는 사이 다른 적이 그의 팔을 잘라 버렸던 것이다.

"죽어!"

피를 뿌리며 물러나는 채양을 향해 다른 생사천의 고수들이 개떼처럼 우르르 달려들었다.

부약운은 반사적으로 신형을 날려서 그들의 뒤를 덮치며 사력을 다한 검을 휘둘렀다.

채양을 노리느라 그녀의 공격을 보지 못한 그들 중 네 명의 목이 공중으로 떠올랐다.

비명도 지르지 못한 죽음이었다.

"어……?"

부약운의 검은 거기서 멈추지 않고 다시 회전해서 나머지 세 명의 목도 베어 버렸다.

다시금 세 명의 목이 공중으로 떠오르는 그 순간, 예리한 무언가가 그녀의 등을 훑었다.

"미친년! 감히 나를 면전에 두고 한눈을 팔아?"

반사적으로 돌아선 그녀의 면전에서 독고인이 피 묻은 칼을 털며 이를 갈고 있었다.

부약운은 이제야말로 자신이 위기에 봉착했음을 느끼며 지그시 입술을 깨물었다.

무언가 자신의 뒷등을 노린다는 것은 느꼈으나, 피할 수 없었다. 그저 마지막 순간에 본능적으로 몸을 틀어서 치명상을 모면했을 뿐이었다.

그래도 엄중한 상처였다.

이대로 독고인과 싸우는 것은 자살행위였다.

'물러나야 한다!'

부약운이 그렇게 마음을 정하며 주변을 살필 때였다.

독살스럽게 그녀를 노려보던 독고인이 대뜸 수중의 칼을 내던지며 누런 이를 드러냈다.

"진짜를 보여 주마!"

부약운이 못내 당황하는 그 순간, 독고인의 모습이 변했다.

찌지지직-!

독고인의 눈빛이 핏빛으로 물들며 걸치고 있던 의복이 저절로 찢겨져 나가기 시작했다.

푸른 심줄이 툭툭 불어진 전신의 근육이 빠르게 팽창하며 몸이 급격히 거대해져 걸치고 있던 의복을 찢고 있었다.

붉은 눈빛 아래 거무튀튀하게 변한 미남형의 얼굴이 이리저리 일그러지며, 흉악한 몰골로 바뀌었다.

고슴도치처럼 뾰쪽한 털이 얼굴뿐 아니라 전신에서 빠르게 숭숭 자라나서 흡사 거대한 성성(猩猩 : 오랑우탄)이처럼, 족히 십 척에 달하는 거구의 야수로, 아니, 흉물스러운 괴물로 변해 버린 것이다. 그 상태로, 그가 짐승처럼 뾰쪽해진 송곳니를 드러내고 침을 질질 흘리며 말했다.

"흐흐, 각오해라 계집! 내게 본색을 드러내게 한 책임은 실로 막중하니까! 흐흐흐……!"

"이, 이건 대체……!"

부약운은 절로 몸서리쳤다.

약육강식, 적자생존의 법칙에 익숙한 무림의 여협인 그녀도 어쩔 수 없는 여자였다.

기괴하고 괴괴망측한 성징을 통해서 흉악한 야수로 변해 버린 독고인의 모습에 완전히 압도당한 그녀는 감히 상대할 생각을 하지 못한 채 절로 뒷걸음질 치고 있었다.

그때 방능소가 그녀의 곁으로 나서며 부르짖었다.

"마교의 지옥수라마수공이오! 내가 시간을 벌 테니, 어서 피하시오, 궁주!"

부약운은 그제야 정신을 차렸고, 절로 뒷걸음질 치고 있는 자신의 실태를 인지했다.

흉악하고 흉측한 모습에 질려서 압도당했을 뿐, 겁을 먹은 것은 아니었기에 가능한 일이었다.

지옥수라마공이라면 그녀도 모르지 않았다.

직접 본 적은 없지만 들어 본 적이 있었다.

과거 천마대제와 마교부흥을 놓고 경쟁하던 지독대체 파릉의 독문절공이 바로 지옥수라마수공이었다.

'이런 괴공이 실재했다니……!'

부약운은 기괴한 야수의 몰골로 변한 독고인의 모습을 바라보며 새삼 몸서리를 쳤다. 그러나 이번에는 물러나지 않고, 대신 수중의 검을 다잡았다.

"그럴 수 없어요! 말했잖아! 나는 절대 혼자 가지 않아요!"

방능소가 다급하게 말했다.

"궁주! 제발……!"

"정말 놀고 자빠졌네!"

부약운의 대답보다 독고인의 행동이 더 빨랐다.

흉물스러운 야수로 변한 그가 칼처럼 뾰족한 송곳니를 드러내고 달려들면서 냉소를 날렸다.

거대한 곰의 앞발처럼 크고 긴 손톱이 삐져나온 그의 손이 그녀의 전진을 휩쓸고 있었다.

부약운이 지체 없이 신형을 날려서 피했다.

카가가각-!

칼처럼 길고 날카로운 마수(魔手)의 손톱이 바닥을 긁었다.

방금 전까지 부약운이 서 있던 땅바닥에 네 줄기의 고랑이

파였다.

"익!"

방능소가 더는 부약운을 채근하지 못하고 신형을 날렸다.

번개처럼 뻗어진 그의 칼날이 부약운을 공격하느라 상체가 숙여진 독고인의 목을 노리고 있었다.

그러나 지옥수라마수공을 통해서 마수로 변모한 독고인은 그저 거대하고 흉악한 모습으로 힘만 강해진 것이 아니었다.

기본적인 움직임 자체가 진짜 야수처럼 빠르고 기민했다.

어느새 상체를 든 그가 쇄도하는 방능소의 칼날을 막았다.

쨍―!

마수의 손톱과 부딪친 방능소의 칼이 산산조각으로 깨져서 흩날렸다.

"헉!"

기겁하며 헛바람을 삼킨 방능소가 다급히 뒤로 물러났다.

내가기공을 익힌 무인의 칼이 부러지거나 깨지면 단지 칼이 깨지는 것으로 끝나지 않는다.

그 칼이 남긴 내력이 고스란히 주인에게 전해져서 상당한 내상을 입거나 심한 경우 죽을 수도 있었다.

그래서 물러나는 방능소의 입가로 붉은 피가 흘렀다.

상당한 내상을 입은 것인데, 그 상태에서도 그는 아무것도 없는 허공에서 방향을 틀고 물러날 수 있을 정도의 고수였다.

그러나 독고인은 그걸 허용하지 않았다.

마수로 변한 지금의 독고인에게는 그만한 능력이 있었다.

우지직―!

어느새 뻗어진 독고인의 손이, 칼끝처럼 예리하게 삐져나온 마수의 손톱이 뒤로 물러나는 방능소의 어깨를 잡았다.

그 순간 방능소의 어깨는 수수깡처럼 부서졌다.

"익!"

방능소가 와중에도 신음 대신 어금니를 악물며 수도를 휘둘러서 마수의 손목에 일격을 가했다.

상승의 내력이 응집된 그의 수도는 바위라도 능히 가루로만들 정도의 막강한 기력이 담겨 있었다.

마수가 아니라 마수 할아비의 손목이라도 얼마든지 박살 낼수 있다는 자신감이 그에게 있었다.

하지만 이상과 현실의 벽은 높고도 험했다.

퍽―!

둔탁한 소음이 터졌으나, 부러진 건 마수의 손목이 아니라그의 주먹이었다.

만년한철을 쳤어도 이렇지는 않을 터이다.

마수의 손목을 후려친 그의 주먹은 절구에 넣고 빻아진 고깃덩어리처럼 처참하게 짓이겨진 상태로 허연 뼈를 드러냈다.

"크으으……!"

방능소가 억눌린 신음을 흘리며 발버둥 쳤다.

와중에도 마수의 손에서 빠져나가려는 몸부림이었지만, 역시나 소용없었다.

"하찮은 벌레 따위가……!"

살소를 흘린 독고인이 다른 한 손을 내밀어서 방능소의 남은 어깨마저 움켜잡았다. 그리고 으스러트렸다.

"크아악―!"

방능소가 마침내 비명을 내질렀다.

마수로 변한 독고인은 그런 그를 아무렇지도 않게 찢어발겼다.

방능소의 신형이 마치 종잇장처럼 찢겨져 나가며 붉은 피와 내장을 쏟아 냈다.

실로 무지막지한 완력, 아니, 괴력이었다.

그사이 이를 악물며 달려든 부약운의 검극이 독고인의 등을 베고, 홍인매가 날린 백비접이 뒷덜미를 할퀴고 지나갔으나, 독고인은 아무렇지도 않았다.

온통 갈색 털로 북슬북슬한 그의 등과 목에는 무언가에 베인 흔적조차 남아 있지 않았다.

"이익……!"

부약운은 그래도 포기하지 않았다.

처참하기 짝이 없는 방능소의 죽음 앞에서 피눈물을 삼키면서도 다시금 지체 없이 신형을 날려서 독고인을 덮쳤다.

"크크크크……!"

어느새 두 손에 들고 있던 방능소의 조각난 주검을 내던진 독고인이 그녀를 맞이했다.

한 손으로 그녀가 뻗어 낸 검을 잡아채고, 다른 한 손을 길게 내밀어서 그녀의 목을 노렸다.

칼날보다 더 날카롭고 섬뜩한 다섯 개의 손톱이 그녀의 목을 틀어잡으려 했다.

"아……!"

찰나지간, 부약운의 눈빛이 경악과 불신에 이어 절망으로 귀결되었다.

전력을 다한 그녀의 공격을 독고인은 너무도 쉽게 막아 내며 반격까지 가하고 있었다.

그녀로서는 실로 역부족이었다.

그 순간!

"피하세요!"

다급한 외침과 함께 쇄도한 섬전수 표인의 신형이 부약운과 독고인 사이로 끼어들었다.

힘겹게 생사천의 무리를 다 제거한 그가 그녀를 돕기 위해 나선 것이었다.

콱-!

부약운의 목을 노리던 독고인의 손톱이 표인의 가슴을 움켜잡았다.

표인은 칼을 휘둘러서 독고인의 손을 후려쳤으나, 독고인의 손이 그가 휘두른 칼과 그의 가슴을 함께 움켜잡아 버린 것이었다.

우지직-!

잔인하고 섬뜩한 파열음이 터졌다.

독고인의 손아귀에 잡힌 표인의 가슴이 흡사 밀반죽처럼 우그러지며 허연 뼈를 드러내고 피 화살을 뿜어냈다.

"크아악-!"

단말마의 미명을 내지른 표인이 그대로 축 늘어졌다.

독고인은 그런 표인의 주검을 쓰레기처럼 저 멀리 내던지고 부약운을 바라보며 피 묻은 자신의 손톱을 혀로 핥았다.

"크크, 이제야 내가 어떤 인물인지 알겠지? 크크크……!"

부약운은 아무런 생각도 할 수 없었다.

그저 눈이 돌아가서 막무가내로 달려들며 앞서 부러진 검극을 휘둘렀다.

"죽어!"

홍인매가 그런 그녀를 뒤에서 끌어안으며 부르짖었다.

"안 돼요! 안 됩니다, 궁주님! 이건 개죽음이에요! 어서 자리를 피해서 후일을 도모해야 합니다!"

부약운이 막무가내로 몸부림 쳤다.

엉망으로 뒤엉켜 버린 정신을 부여잡지 못한 그녀는 피가 나도록 입술을 깨물며 울부짖었다.

"이대로 어떻게! 이대로 어떻게 내가 후일을 도모할 수 있었어! 죽여! 죽여야 해! 저놈을 죽이지 못하면 내겐 훗날이고 뭐고 존재하지 않아!"

부약운이 끝내 홍인매의 손을 뿌리치고 나섰다.

홍인매는 포기하지 않았다.

다시금 그녀를 뒤에서 강하게 끌어안으며 애걸복걸했다.

"안 됩니다! 절대 안 돼요! 어서 피하셔야 합니다!"

독고인이 그런 그녀들을 향해 짐승 같은 이빨을 드러낸 채
두 팔을 벌리고 다가서며 이죽거렸다.

"암, 그래야지. 고분고분 따라 주는 계집은 정말 재미가 없
거든. 크크크……!"

그때였다.

어디선가 한줄기 강렬한 기운이 날아와서 그녀들에게 다가
서는 독고인의 옆구리를 때렸다.

펑-!

강력한 장력이었다.

거대한 독고인의 신형이 기우뚱 옆으로 밀려 나갔다.

타격도 받은 것 같았다.

내내 그 누구의 공격에도 눈 하나 깜빡하지 않던 그가 미간
을 찡그리며 고개를 돌리고 있었다.

거기, 그가 바라보는 방향에는 흑삼노인 하나가 오만상을 찡
그리고 있었다.

대나무처럼 바싹 마른 흑삼노인이었다.

"저 짐승 저거 뭐야? 뭐 이리 단단해?"

독고인이 붉은 안광을 희번덕거리며 물었다.

"웬 늙은이야?"

흑삼노인이 새삼 놀란 표정으로 턱을 주억거렸다.

"짐승이 말을 다 하네?"

독고인이 분노한 기색으로 흑삼노인을 향해 돌아섰다.

"늙은이가 세상 살기 싫은 모양이군. 죽음을 자초하는구나."

흑삼노인이 그에 아랑곳하지 않고 태연히 서서 손가락으로
관자놀이를 긁적이며 중얼거렸다.

"가만있자…… 이거 아무래도 어디선가 들어 본 기억이 있는
흉물이지 싶은데 말이야."

부약운이 다급히 외쳤다.

"어느 고인이신지는 모르겠으나, 저놈은 마교의 지옥수라마
수공을 익힌 팔황신마의 제자 독고인입니다!"

"아!"

흑삼노인이 반색하며 손가락을 튕겼다.

"어쩐지 낯설지 않은 흉물이다 싶었더니만, 바로 그 지옥수
라마수공이었군그래!"

독고인이 그 순간에 마수의 두 손을 뻗으며 득달같이 달려들
었다. 거구의 몸이 움직이는데도 시위를 떠난 화살처럼 빠른
움직임을 보이고 있었다.

그러나 헛손질이었다.

흑삼노인의 신형은 이미 그 자리에서 사라지고 없었다.

그는 벌써 독고인의 뒤로 돌아가 있었다. 그리고 돌아서는 독고인을 향해 손가락 하나를 들어서 좌우로 흔들며 말했다.

"안 돼, 안 돼. 그렇게 굼떠서야 어디 쓰나. 이제 보니 넌 직계가 아닌 방계인 모양이구나. 아니, 어쩌면 조악하게 변조한 지옥수라마수공을 배운 것일지도 모르겠네. 석년의 내가 만나본 파릉의 제자는 너처럼 굼뜨지 않았거든."

독고인의 붉은 눈빛이 불처럼 타올랐다.

심중의 분노가 용암처럼 비등한 모습이었다.

"이 쭈그렁 영감태기가……!"

말보다 빨리 움직인 그의 신형이 다시금 화살처럼 빠르게 흑삼노인을 덮쳤다.

흑삼노인이 이번에는 피하지 않고 대응했다.

그의 흑삼 소맷자락이 크게 펄럭이자, 성난 파도와 같은 맹렬한 기운이 일어나서 쇄도하는 독고인을 강타했다.

펑—!

거대한 가죽 북이 터지는 듯한 굉음이 울려 퍼졌다.

쇄도하던 독고인의 가슴에서 작렬한 폭음이었다.

"……!"

득달같이 쇄도하던 독고인이 그대로 멈추었다.

별다른 타격을 받은 것 같지는 않았으나, 적잖게 놀란 기색이었다.

흑삼노인도 그와는 다른 의미로 매우 놀라고 있었다.

다만 그는 그대로 있지 않고 바로 독고인을 향해 신형을 날렸다.

흐릿해진 그의 그림자가 물처럼 부드러우면서도 깃털처럼 가볍게 허공을 가로질렀다.

허깨비처럼 날래면서도 기민한 신법이었다.

다음 순간, 흑삼노인의 신형이 독고인의 가슴 앞에서 나타났다. 앞으로 뻗어 낸 두 손의 장심을 독고인의 가슴에 붙인 채로였다.

동시에.

"하압!"

굳게 다물린 흑삼노인의 입술이 벌어지며 산하를 쩌렁쩌렁 울리는 기합이 터져 나왔다.

그 뒤를 무지막지한 폭음이 따랐다.

꽝―!

흑삼노인이 뒤로 물러났다.

그가 스스로 물러난 것인지, 아니면 타격의 여파로 튕겨진 것인지 알 수 없었다.

그의 표정 때문에 더욱 그랬다.

그의 두 눈이 놀람으로 휘둥그레져 있었다.

독고인의 모습 때문이었다.

흑삼노인이 작심하고 펼친 일격에 제대로 적중 당하고도 독고인은 별다른 타격을 입은 것 같지 않았다.

고작 서너 발짝 뒤로 물러나서 한층 더 흉포해진 눈빛으로 그를 노려보는 것이 다였다.

"이 몸이 펼친 내가중수법에 당하고도 그렇게 멀쩡하다고……?"

어이없다는 듯 중얼거린 흑삼노인이 이내 울상을 지은 얼굴로 부약운을 바라보며 사정했다.

"저기 얘야. 아무래도 너 먼저 자리를 떠나야 할 것 같구나. 이놈이 보통이 아니라 애 좀 먹을 것 같아서 말이다. 괜히 여기 있다가 뒤따라오는 다른 놈들에게 들켜서 네가 조금이라도 다치기라도 한다면 내가 정말 사제를 볼 면목이 없어서 난감해진단 말이지."

"예……?"

부약운이 이래저래 어리둥절해하다가 물었다.

"사제가 누구신데……?"

앙상하게 마른 흑삼노인, 천하삼기의 하나인 야신 매요광의 제자이자, 흑점의 삼태상 중 하나인 야제 천공수는 누런 이를 드러내고 히죽 웃으며 대답했다.

"그야 설무백이지."

"감히! 감히, 이 벌레 같은 것들이 내 앞에서……! 크아아……!"

마수로 변한 독고인이 극도로 분노해서 가슴을 치며 포효했다.

육체만이 아니라 정신마저 마수로 변한 것 같은 모습이었다.

천공수가 예사롭지 않는 눈빛으로 그런 독고인을 살피며 부약운을 채근했다.

"어서 빨리 가면 안 되겠니?"

부약운이 처참하게 죽은 방능소 등이 눈에 밟히는지 서두르지 않고 머뭇거렸다.

홍인매가 그런 그녀의 소매를 잡아끌었다.

"가요!"

부약운이 그제야 천공수에게 공수하며 홍인매의 손에 이끌려 돌아섰다.

"오늘의 은혜, 가슴 깊이 새기겠습니다!"

"크아아……! 죽인다!"

독고인이 다시금 포효하며 양손으로 땅을 치고 날아올랐다.

그야말로 한 마리의 거대한 원숭이와도 같은 동작이었는데, 실로 빨랐다.

허공을 가로지른 그의 신형이 대번에 부약운 등이 돌아서 가는 뒤쪽으로 향하고 있었다.

그러나 천공수는 그보다 더 빨랐다.

"타압!"

부약운 등이 주춤하는 사이, 어느새 독고인의 면전으로 내려선 천공수가 산하를 쩌렁쩌렁하게 울리는 기합을 내질렀다.

눈에 보이지 않는 구슬을 품은 것처럼 가슴 앞에서 둥글게 말려 있던 그의 양손이 그대로 뻗어져서 독고인의 가슴을 강타했다.

펑-!

거대한 가죽 북이 터져 나가는 듯한 폭음이 독고인의 가슴에서 작렬했다. 이번에는 앞서와 달리 효과가 있었다.

"크으으……!"

독고인이 신음을 흘렸다.

그의 거대한 몸집이 뒤뚱뒤뚱 서너 장이나 뒤로 밀려나가고 있었다.

다만 여전히 별다른 상처를 입은 것으로 보이지는 않았다.

달라진 것이 있다면 부약운을 향하던 그의 붉은 눈빛이 천공수에게 돌려졌다는 사실이었다.

부약운이 그사이 방향을 틀어서 장내를 빠져나갔다.

천공수가 그 모습을 확인하고 나서야 아픈 듯이 찡그린 얼굴로 두 손을 털며 투덜거렸다.

"단단하기는 무지 단단하네!"

"크아아아……!"

독고인이 다시금 짐승처럼 포효하며 양손으로 땅을 치고 공중으로 날아올랐다.

마침내 부약운을 포기하고 천공수를 노리는 듯했다.

하늘을 찢을 듯이 높이 솟구친 그가 땅을 향해, 정확히는 천공수를 향해 수직으로 내리꽂혔다.

칼날처럼 예리한 손톱이 삐져나온 창처럼 긴 그의 두 손이 천공수의 호리호리한 몸뚱이가 완전히 뒤덮고 있었다.

하지만 천공수는 조금도 당황하지 않고 움직였다.

간발의 차이로 그의 신형이 옆으로 미끄러지고, 독고인의 두 손이 땅을 움푹 파고들었다.

콰지직-!

독고인의 두 손 아래 돌무더기 바닥이 깊게 패며 손목까지 잠겼다. 제대로 당했다면 제아무리 천공수라도 뼈를 추릴 수 없었을 터였다.

"곰처럼 굼떠서 다행이구나."

천공수가 못내 서늘한 가슴을 쓸어내리며 중얼거렸다.

사실은 독고인이 굼뜬 것이 아니라 그가 빠른 것이었다.

다른 건 몰라도 신법에 관한한 천하에 그를 능가할 자는 그리 많지 않은 것이다.

"죽어라 늙은이!"

즉시 땅바닥에 박힌 두 손을 뽑아 낸 독고인이 바짝 약이 오른 짐승처럼 두 팔을 벌리며 다시 달려들었다.

"어디 한번 이것도 버티나 보자!"

천공수는 매섭게 굳힌 표정으로 일갈하며 독고인을 향해 합장(合掌)하듯 쌍수를 모았다가 가볍게 뒤집었다.

콰릉-!

순간, 묵직한 소음이 울리며 한 줄기 강맹한 음유진기(陰柔眞

氣)가 일어나서 독고인의 강타했다.

천공수가 자신의 절기 중 가장 아끼는 장력, 공공연기에 기인한 무상공령장(無上空靈掌)이었다.

무상공령장의 묘용은 외문기공과 내가기공의 조화였다.

겉을 때리지만 내부를 진탕시키는 공능을 가지고 있어서 작은 힘으로도 큰 타격을 줄 수 있는 것이다.

그 무상공령장의 음유진기가 두 팔을 펼친 채 달려드는 독고인의 가슴에 정확히 작렬했다.

꽝-!

요란한 벽력음이 터지며, 독고인의 가슴이 움푹 들어갔다.

이번에는 단지 외형적인 모습만 그런 것이 아니라 적잖은 타격을 준 것이 분명했다.

"크윽!"

독고인이 마침내 그저 밀려난 것이 아니라 뒷걸음질 치며 괴성이 아닌 신음을 흘렸다.

상당한 타격을 받은 것이다.

그때 어디선가 날아온 또 하나의 강맹한 기운이 뒷걸음질 치는 독고인의 등을 강타했다.

꽝-!

독고인이 앞으로 고꾸라졌다가 반사적으로 일어나서 뒤를 살폈다.

거기 그의 시선이 돌아간 방향의 수풀에는 흑포사내 하나가 앞서의 천공수처럼 아프다는 듯 두 손을 털며 오만상을 찡그리고 있었다.

구릿빛 얼굴에 자글자글한 주름이 가득해서 늙은이인지 젊은이인지 종잡을 수 없는 흑포사내, 바로 흑혈이었다.

"얘 뭐예요? 뭐 이리 단단해요?"

천공수가 눈총을 주며 구박했다.

"왜 이리 늦은 게야? 까딱했으면 이 늙은이 뼈다귀가 아작 날 뻔했어, 이놈아!"

흑혈이 웃었다.

"사부님도 엄살은…… 쇳덩이처럼 단단하기만 했지, 곰처럼 굼뜬 녀석에게 설마 사부님이 당하겠어요."

천공수가 눈을 부라렸다.

"방금 보고도 몰라? 그냥 쇳덩이가 아니라 제법 빠르게 움직이는 쇳덩이야 이놈아! 이놈 이거 상식이 통하지 않는 놈이니 조심해!"

우스갯소리로 그냥 하는 말이 아니었다.

내색은 삼가고 있으나, 실은 천공수도 적잖게 충격을 받고 있는 상태였다.

몇 차례 독고인의 몸을 두들긴 결과로 그의 손목에 무리가 가서 내내 시큰거리고 있었던 것이다.

흑혈이 전에 없던 천공수의 경고를 예리하게 인식하며 물었다.

"마도의 외문기공 같은데, 조문(粗門)이 어딘지 모르세요?"

조문은 외문기공의 약점이자, 급소다.

천하의 그 어떤 외문기공도 약점이 되는 모든 급소를 한 곳에 모으는 것으로 전신을 강화하는 것이 기본이고, 대개의 경우 그 급소인 조문은 보통 사람이 가진 급소보다 더 치명적이다.

그래서 조문을 당하게 되면 그저 다치는 것이 아니라 기공이 무너지며 사망하는 것이 상례인 것이다.

천공수가 쓰게 입맛을 다시며 대답했다.

"마교의 지옥수라마수공이다. 전해진 바로는 조문이 없다고 알려진 마교 최고의 외문기공이지."

흑혈이 히죽 웃고는 호전적인 모습으로 고개를 좌우로 흔들어서 으득 소리를 내며 나섰다.

"그럼 어디 한번 둘아서 두들겨 보자고요. 까짓것 깨지지 않으면 우그러질 테죠."

천공수가 의미심장하게 말했다.

"알지?"

흑혈이 히죽 웃으며 대답했다.

"제가 바보예요? 당연히 알죠. 적당히 하다가 안 되면 빠져야죠. 뒤따라오는 놈들에게 들켜서 좋을 게 없으니까요."

천공수가 그제야 따라서 웃고는 깍지 낀 손가락을 뒤집어서 우둑 소리를 내며 나섰다.

"그래, 어디 한번 모든 급소를 다 두들겨 보자. 조문이 없어도 어딘가 약한 구석은 있겠지.”

독고인은 그들의 대화를 들으면서도 내내 선뜻 움직이지 못한 채 눈치를 보고 있었다.

처음과 비교해서 더없이 신중해진 모습이었다.

천공수의 장력에 당한 충격이 그의 뇌리에서 가시지 않았기 때문이다.

앞선 천공수의 장력은 그로서도 절대 무시할 것이 아니었다.

생명에 지장을 초래할 정도의 타격을 입은 것은 아니나 내부가 진탕되는 상당한 고통을 느꼈던 것이다.

그러나 그렇다고 해서 자신이 진다고는 절대 생각하지 않았다.

지옥수라마수공은 천하최강의 외문기공이라는 것이 변할 수 없는 그의 단정이었다.

상대가 누구라도, 설령 그에게 지옥수라마수공을 전해 준 사도진악에게도 절대 지지 않을 자신이 지금의 그에겐 있었다.

‘넘어지지만 않는다면……!’

‘부디 넘어지지나 마라.’

여기 지옥수라마수공을 익혀서 마수로 변한 독고인과 같은 생각을 하는 사람이 하나 있었다.

독고인과 천공수 등이 대치한 장소와 그리 멀리 떨어지지 않은 수풀, 높게 자란 아름드리나무의 가지에 걸터앉은 흑표가 바로 그 주인공이었다.

사도진악의 명령을 받고 출발한 이들 중에서 그가 가장 먼저 부약운을 따라잡은 것이다.

다만 그는 뻔히 눈앞에서 도주하는 부약운을 보고도 따라가지 않았다. 그녀보다는 지금의 상황이 더욱 그의 관심을 끌었기 때문이다.

독고인이 그가 남몰래 습득한 지옥수라마수공을 익히고 있을 줄은 정말 몰랐다.

'사부가 전해 줬겠지?'

아마도 그럴 가능성이 매우 높았다.

과거 천마대제와 마교 부흥을 놓고 경쟁하던 지옥대제 파릉의 무공 중 하나인 지옥수라마수공은 마수비요결(魔獸祕要結)이라는 이름의 비급으로 사도진악의 밀실의 금고에 숨겨져 있었다.

그는 우연찮은 기회에 사도진악의 보물 창고라 불리는 그곳이 궁금해서 잠입했다가 그 마수비요결을 발견해서 사본을 만들어 수련하게 된 것이다.

그래서 그는 익히 잘 알았다.

마교 외문기공의 진수라는 지옥수라마수공도 엄연히 조문이 있었다.

다만 지옥수라마수공은 입문하는 순간부터 조문이 결정되는 여타 외문기공과 달리 익히는 경지에 따라 조문의 위치가 바뀌었다.

지금 그가 천공수 등과 대치한 독고인을 지켜보면서 넘어지지 말라고 말하는 이유가 거기에 있었다.

그는 독고인이 익힌 지옥수라마수공의 경지가 육 성에 준한다는 사실을 첫눈에 알아보았고, 그 때문에 지금의 독고인에게 형성된 조문이 발바닥임을, 바로 발바닥의 한가운데 옴폭 들어간 용천혈(湧泉穴)임을 알고 있는 것이다.

물론 독고인도 그에 대한 대비를 해 두었을 터이다.

하지만 상대는 지옥수라마수공이 강철보다 단단해진 경지에 이른 독고인을 수차례나 물러나게 만든 초고수였다.

게다가 그것이 어떤 절기이든지 간에 외문기공을 상대하는 자는 반복적으로 다른 사혈을 노리는 것이 기본인 이상, 독고인에게는 한 치의 실수도 용납되지 않았다.

조문인 용천혈을 어떤 식으로 보호해 두었는지 간에 저들의 일격에 당하면 독고인은 버티지 못할 것이 자명했다.

하물며 지금 독고인이 펼치고 있는 지옥수라마수공의 지속 시간도 크나큰 약점이었다.

육 성의 지옥수라마수공이라면 지속 시간은 한 식경(30분가량)이었다.

그 시간 내에 싸움을 끝내지 못한다면 독고인은 끝장이었다.

지옥수라마수공을 다시 펼치려면 곱절이 넘는 시간인 한 시진이 지나야 하기 때문이다.

'그나저나, 내게는 언급도 안 하고 저따위 놈에게 그런 막대한 절공을 전수했단 말이지?'

흑표는 가뜩이나 어그러진 사부 사도진악과의 관계가 더욱 멀어지는 것을 느끼며 지그시 입술을 깨물었다.

이젠 정말 사부가 그와 돌이킬 수 없는 강을 건넜다는 기분이 들었다.

그때 독고인의 싸움에 변화가 생겼다.

독고인은 아이들의 술래잡기처럼 치고 빠지는 천공수와 흑혈의 공격에 이리 치이고 저리 치이며 밀리기만 거듭했는데, 결국 천공수와 흑혈이 제풀에 지쳐서 나가떨어졌다.

천공수가 한순간 훌쩍 뒤로 물러나며 외쳤다.

"안 되겠다. 이러다간 이놈을 잡기는커녕 뒤쫓아 오는 놈들에게 들키겠다. 그만 돌아가고 나중을 기약하자."

흑혈이 투덜거리며 동의했다.

"젠장, 더럽게 단단하네!"

천공수가 먼저 신형을 날렸고, 흑혈이 그 뒤를 따라서 장내에서 사라졌다.

독고인은 감히 그들을 따라갈 생각을 하지 못했다.

그들의 경신술은 실로 빨라서 눈 깜짝할 사이에 저 멀리 사라지고 있었다.

"헉헉……!"

거친 숨을 몰아쉬던 독고인은 자신의 무력함에 화가 난 듯 신경질적으로 곁에 있던 아름드라나무를 한 대 후려갈겨서 쓰러트리고는 그대로 주저앉으며 엎드렸다.

애써 버티긴 했으나, 그 역시 적잖은 내상을 입은 상태로 상당히 지쳐 있었던 것이다.

흑표는 그런 그를 보면서도 바로 나서지 않고 기다렸다.

그러자 이윽고, 기진맥진해서 바닥에 엎드리고 있던 독고인의 육체가 서서히 변화를 일으켰다.

거대한 마수의 육체가 마치 바늘구멍이 뚫려서 바람이 빠지는 풍선처럼 스르르 오그라들며 짐승의 그것처럼 덥수룩하게 우거진 털이 뽑혀져 나가 바람에 흩날렸다.

그리고 이내 본래의 모습으로 돌아간 독고인이 바닥에 엎드린 그대로 울컥 한 모금의 피를 토했다.

본래의 육체로 돌아오자 마수의 몸으로 당했던 여파가 그의 내부를 진탕시킨 것이다.

흑표는 그제야 아름드리나무의 가지에서 신형을 날려서 단숨에 그런 독고인의 면전으로 내려섰다.

"……!"

독고인이 흠칫 놀라서 고개를 쳐들었다가 상대가 다름 아닌 흑표임을 알아보고는 한시름 놓은 표정으로 털썩 주저앉았다.

"자넨가? 조금만 빨리 오지 그랬나. 그년에게 예상 못한 조력자가 있어서 내가 이 꼴로 당했지 뭔가. 빌어먹을……!"

흑표는 거두절미하고 본론을 꺼냈다.

"지옥수라마수공을 익혔더군. 그것도 벌써 육 성의 경지면 상당히 오래전부터 익혔다는 건데, 우리 사부가 전수해 줬나?"

독고인이 새삼 흠칫 놀라며 독고인을 바라보았다. 그러고는 미심쩍은 표정으로 물었다.

"내가 싸우는 걸 본 건가, 아니면 자네 사부가 말해 준 건가?"

사도진악이 전해 주었다는 뜻이 담긴 대답이었다.

흑표는 그것으로 충분했다. 그는 히죽 웃으며 말했다.

"당연히 사부가 말해 준 거지."

독고인이 그제야 마음을 놓은 표정으로 쓰게 웃었다.

"역시 자네에게도 전수해 준 모양이군. 하긴, 자네 사부 같은 구두쇠가 그런 비기를 내게만 전해 주었을 리가 없지."

흑표는 당연한 것 아니겠냐는 듯 웃었다. 그리고 슬쩍 손을 들어서 내보이며 말했다.

"내가 한 가지 재미있는 얘기해 줄까?"

"……?"

독고인이 갑자기 그게 무슨 뜬금없는 말이냐는 듯이 쳐다보았다.

흑표의 손이 그 순간 함지박처럼 거대한 마수의 손으로 변하며 그의 머리를 움켜잡았다.

"지옥수라마수공이 팔 성에 이르면 이렇게 신체의 일부분만을 변화시킬 수도 있다네."

"헉! 이, 이게 무슨 짓……!"

독고인이 기겁했다.

그저 손아귀로 잡고만 있는 것으로도 막대한 고통이 느껴졌던 것이다.

흑표가 히죽 웃으며 말했다.

"별거 아냐. 그냥 널 살려 두기 싫을 뿐이지."

독고인이 흑표의 손을 벗어나려고 발버둥하며 소리쳤다.

"나는 적이 아니야! 나는 네 사부인 사도진악과 손을 잡았다! 내가 사도진악의 지시대로 사부를 넘긴 걸 너도 잘 알잖아!"

"그래서 그래."

흑표가 대수롭지 않게 잘라 말했다.

"그게 재수 없어서."

"그, 그게 무슨 말도 안 되는……!"

"말이 돼. 내가 그렇다면 그런 거야."

흑표가 싸늘하게 웃으며 독고인의 머리를 잡은 손아귀에 힘을 주었다.

"크아악……!"

독고인이 단말마의 비명을 내질렀다. 그다음 순간!

퍽-!

독고인의 머리가 수박처럼 터져 나가며 붉은 피와 뇌수가 사방으로 튀었다.

머리가 사라진 독고인의 육체가 뒤늦게 허공에 허무한 손짓
을 해대며 앞으로 고꾸라져서 꿈틀거린 것은 마수의 손으로 변
했던 흑표의 손이 본래의 모습으로 돌아간 다음이었다.

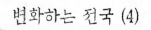
변화하는 전국 (4)

흑표가 기진맥진한 독고인의 머리를 박살 내는 그 시각, 그
와 함께 나섰던 추적자들 중 하나인 사도진악의 대제자 비연
검룡 마천휘는 그 장소로 빠르게 달려가고 있었다.

　그리 멀리 떨어지지 않은 곳을 수색하던 도중에 그 장소에
서 들려오는 비명을 들은 것이다.

　그런데 그런 그의 전면에 느닷없이 검은 인영이 나타났다.

　"헉!"

　마천휘는 기겁하며 멈추었다.

　아무리 비명에 반응해서 전력으로 질주하던 중이었다고는
하나, 이렇게 모습을 드러낼 때까지 아무런 기척도 느끼지 못
했다는 사실은 그에게 실로 충격이었다.

반사적으로 칼을 뽑아 든 그는 잔뜩 경계하며 물었다.

"누구냐?"

"어린놈이 말본새하곤……!"

상대, 검은 인영의 정체는 칠 척에 달하는 거구의 흑삼노인이었다.

눈딱부리에 주먹코, 선이 굵은 입술과 각진 턱이 우락부락해서 소위 말하는 산적의 외모인데, 대뜸 눈을 부라리며 그 모습과 어울리는 걸걸한 목소리로 윽박질렀다.

"너는 아비어미도 없냐?"

"……!"

마천휘는 찔끔해서 조개처럼 입을 다물었다.

흑삼노인의 모습과 걸걸한 목소리에 실린 위압감이 그를 그렇게 하도록 강요했다.

'고수다!'

흑삼노인은 산적이 아니었다.

산적이라도 보통 산적은 아닐 것이다.

고수였다. 그것도 그가 감당하기 어려운 고수가 분명했다.

전력으로 질주하는 그의 앞을 아무런 기척도 없이 태연히 막아서고, 가벼운 꾸중으로 이처럼 다대한 위압감을 드러내는 사람이 고수가 아닐 리 없었다.

'무림의 고수 중에 이런 자가 있다는 얘기는 들은 적이 없는데……?'

대번에 기가 죽은 마천휘는 조심스럽게 흑삼노인을 살피며 말투를 바꾸어서 물었다.

"귀하는 뉘신데 본인의 길을 막는 거요?"

흑삼노인이 대답 대신 되물었다.

"그러는 네놈은 누구냐?"

마천휘는 순순히 대답했다.

자존심 강하기로 유명한 그가 이렇게 먼저 양보하는 경우는 거의 없었으나, 지금의 그는 그만큼 흑삼노인의 기도에 눌려 있었다.

"본인은 쾌활림의 일을 돌보고 있는 마천휘라고 하오. 귀하는 뉘시기에 본인의 앞을 막는 거요?"

흑삼노인이 살짝 미간을 찌푸리며 말을 받았다.

이번에도 대답이 아니라 질문이었다.

"네가 사도진악의 대제자라는 그 마 씨 아이라는 거냐?"

마천휘는 아이라는 말에도 화를 내지 못하고 수긍했다.

"그렇소."

흑삼노인이 자못 음충맞게 웃었다.

"흐흐, 불과 이삼십 년 전만에도 지금 그따위로 노부를 대했다면 너는 정말 뼈도 추리지 못했을 거다. 지금의 내가 그때와 달리 온화해진 것을 홍복으로 알아라. 흐흐흐……!"

"……!"

마천휘가 자신도 모르게 찔끔하는 사이, 흑삼노인의 질문이

다시 이어졌다.

"아무려나, 네가 사도진악의 제자인 마 씨라면 지금 흑선궁의 궁주인 부 씨 아이를 쫓는 중이겠구나. 그렇지?"

마천휘가 기세에 눌려서 얼떨결에 대답했다.

대화의 주도권이 완전히 흑삼노인에게 넘어간 결과였다.

"그, 그렇소."

흑삼노인이 가만히 고개를 끄덕이고는 더 없이 준엄하게 말했다.

"그렇다면 그만 여기서 포기하고 돌아가거라. 부 씨 그 아이는 노부의 주인께서 귀히 여기는 아이니, 이후에도 다시 찾는 일이 없어야 할 것이다."

"그, 그건……!"

"죽고 싶으냐?"

흑삼노인의 담백한 경고에 마천휘는 다시금 움찔하며 조개처럼 입을 다물어 버렸다.

흑삼노인의 눈빛에서 발하는 위세가 그처럼 가공했다.

막대한 위압감을 풍기는 흑삼노인의 눈빛 앞에서 그의 어깨는 만근의 압력을 느꼈고, 두 발은 깊은 늪에 빠진 것처럼 무거워졌다.

움직일수록 더 깊은 늪으로 빠져들 것 같아서 꼼짝도 할 수가 없었다.

대개의 싸움은 싸우기도 전에 이미 승패가 정해지기 마련이다. 그는 이미 패배의 절망감에 빠져 있었다.

그런 마천휘의 절망감을 아는지 모르는지, 흑삼노인이 조용한 눈빛으로 압력을 가중시키며 무심하게 말했다.

"굳이 네게 알려 줄 필요는 없다만, 혹시 몰라서 말해 주마. 노부는 호연작이다."

그랬다. 흑삼노인은 바로 흑점의 삼태상 중 하나인 흑천신, 바로 정사지간의 최고수들이라는 이십팔숙의 대숙인 구천노조 호연작이었던 것이다.

"……!"

마천휘가 절로 꿀꺽 소리가 나도록 마른침을 삼켰다.

구천노조 호연작이라면 그도 본 적은 없지만 들은 적은 있는 전대의 고수인 것이다.

호연작이, 바로 흑천신이 타이르는 듯한 어조로 다시 말했다.

"내가 오늘 너를 죽이지 않는 것은 사특하고 간악한 짓을 일삼는 쾌활림에서 그나마 네가 올바른 정신을 가졌다고 들었기 때문이다. 그러니 괜한 만용 부리지 말고 조용히 돌아가서 그간 네가 살아온 길을 깊이 돌아 보거라. 과연 옳은 길을 걸었는지, 또 옳은 걷고 있는 것인지. 그리고 사도진악에게 전해라. 얼마 남지 않은 목숨 재촉하지 말고, 부 씨 아이는 그만 잊으라고 말이다."

"……!"

마천휘는 감히 가타부타 대답도 하지 못한 채 마냥 굳어져 있었다.

그런 그를 두고 흑천신은 조용히 돌아서서 자리를 떠났다.

흑사자들의 수좌인 흑룡이 피와 잔혹한 죽음이 널브러진 그 자리에 나타난 것은 독고인의 머리를 수박처럼 박살 낸 흑표가 마수의 손을 거두고 거기 묻은 피를 닦아 낸 다음이었다.

실로 간발의 차이라 흑표는 내심 적잖게 당황하는 중이었다.

"오셨습니까, 대형."

"다 죽었나? 독고인까지?"

흑룡은 놀라거나 당황하지 않았다.

그저 대강 장내를 둘러보고는 늘 그렇듯 미욱한 표정, 아무런 생각이 없는 듯한 흐리멍덩한 눈빛으로 흑표를 바라보며 묻고 있었다.

흑표는 가끔 흑룡을 대할 때 문득 자신도 모르게 섬뜩한 느낌이 들 때가 있었다.

지금도 그랬다.

정말 아무 생각이 없는 건지, 아니면 아무 생각이 없는 것처럼 가장하는 고도의 기만인지 도무지 알 수가 없었다.

'아니, 그럴 리가 없지. 암, 없고말고.'

흑표는 애써 자신이 과민한 것일 뿐이라고 치부하며 사뭇 곤혹스러운 표정을 꾸몄다.

"분하게도 소제가 한 발 늦었습니다. 누군지 모르지만 부약운 그 계집에게 상당한 조력자가 있는 것 같습니다."

흑룡이 웃었다.

멍청하게 보이는 비웃음이었다.

"너 바보냐? 그 계집의 조력자는 풍잔의 설무백이라고 사부가 이미 말해 주었잖아?"

"아……!"

흑표는 본의 아니게 한 방 맞은 표정이 되어서 눈을 끔벅였다. 무심결에 생각나는 대로 말한 것이 당연한 말을 당연하지 않은 것처럼 말해 버린 것이다.

이래서야 누가 누굴 바보로 취급하고 있는 것인지 그 자신조차 한심하기 짝이 없었다.

"그보다 얘들이 좀 이상하게 죽었네?"

흑표를 비웃은 흑룡이 어느새 자리를 옮겨서 몸통이 찢겨져 죽은 방능소의 시체를 작대기로 뒤적거리며 중얼거렸다.

흑표는 도둑이 제 발 저린다는 식으로 급히 그의 곁으로 가며 말했다.

"그런가요? 저는 뭐 별로 이상해 보이지 않는데요?"

"아니, 이상해."

흑룡이 방능소의 시체를 뒤적거리던 작대기를 들고 자리를 옮겨서 또 하나의 시체를 살폈다.

바로 가슴이 처참하게 우그러져서 죽은 표인의 시체였다.

"이건 독고인의 무공에 당한 게 아니야. 게다가 재도 그렇고 애도 그래. 일반적이 무기에 당한 게 아니라, 뭐랄까? 무언가 강력한 완력에 찢기고 우그러진 거야. 이렇게 큰 손을 가진 사람이 있을 리는 없고, 손과 비슷한 갈고리 모양의 기문병기에 당한 것 같은데?"

흑표는 예상치 못하게 예리한 흑룡의 지적에 잠시 말문이 막혀 버렸다.

그런데 그때 흑룡이 더한 것을 문제 삼았다.

문득 고개를 갸웃한 그가 자리를 옮기더니, 머리가 박살 나서 사라진 독고인의 시체를 살펴보며 말했다.

"그러고 보니 애도 그러네? 애도 같은 놈에게 당한 것 같은데, 뭐지 이거? 놈들이 같은 편을 죽였다는 건 말이 안 되고, 제삼자가 있다는 얘긴가?"

흑표는 실로 가슴이 뜨끔했다.

실수였다.

흑룡이 미욱할 정도로 어리숙하다 해도 무공에 대한 조예만큼은 그보다 앞선다는 사실을 무심코 간과했다.

아니, 사실 그런 생각을 할 사이도 없이 예상보다 빨리 흑룡이 빨리 나타난 것이기도 했고 말이다.

이유야 어쨌든 이대로 침묵하고 있는 것은 위험했다.

'죽일까?'

흑표는 순간 망설이며 살기를 품었으나, 이내 포기했다.

여기서 흑룡까지 죽여 버린다면 매사에 의심이 많은 사부 사도진악이 그냥 곱게 넘어갈 리 만무했다. 그리고 무엇보다 멍청해도 무공은 강한 흑룡을 단숨에 제압할 자신이 없었다.

여차해서 시간을 끌다가 다른 사람의 눈에 띄게 된다면 그간 그가 숨죽인 채 심혈을 기울여서 노력한 야망이 한순간에 물거품으로 화해 버리고 마는 것이다.

그는 재빨리 태세를 전환했다.

"대형 말을 듣고 보니 그런 것 같기도 하네요. 아니, 그런 모양입니다. 제삼자가 있었네요. 첫눈에 그걸 알아보시다니 대단하십니다, 대형. 저는 전혀 알아보지 못했는데 말이에요."

칭찬에 약한 것이 사람이다.

아둔한 흑룡의 경우는 더욱 그랬다.

그는 대번에 만족한 표정으로 히죽거렸다.

"이 정도야 상식이지. 너도 매사에 주의를 기울이는 노력을 하면 이 정도는 기본으로 익힐 수 있어."

"예, 앞으로 더욱 노력하겠습니다."

"그래. 그래야지."

흑표의 의도대로 다른 의심을 풀고 기고만장해진 흑룡이 시체를 뒤적거리던 작대기를 내던지며 앞서 부약운이 사라진 방향을 바라보며 말했다.

"아무튼, 어떤 놈인지 저쪽으로 갔다. 따라가 보자."

흑표는 내심 거북했다.

이대로 그냥 돌아가는 것이 좋았다.

만에 하나라도 놈들을 만나서 독고인에 대한 얘기가 나온다면 어쩔 것인가.

아무리 어리석은 흑룡이라도 적의 말을 곧이곧대로 믿지는 않을 테지만, 적어도 의심은 할 테고, 어쩌면 그 말을 그대로 사도진악에게 전할지도 몰랐다.

그건 정말 좋지 않은 상황이었다.

그러나 아무리 그래도 흑룡에게 여기서 그냥 돌아가자는 말을 할 수 없는 것이 또한 그의 아픔이었다.

흑룡에게 있어 사도진악의 명령이란 세상 모든 것보다 우선시해야 하는 법칙이었다.

그런 흑룡에게 여기서 그냥 돌아가자는 말이 먹힐 리도 없지만, 설령 먹힌다고 해도 돌아가서 그 말을 그대로 사도진악에게 전할 사람이 바로 흑룡이었다.

'젠장, 부디 멀리 갔어라!'

흑표가 정말 울며 겨자 먹기 식으로 흑룡의 뒤를 따를 때였다. 빠른 경공술에 기인한 인기척이 들리더니, 이내 그걸 느끼고 발걸음을 멈춘 그들의 곁으로 한 사람이 내려섰다.

바로 사도진악의 대제자인 비연검룡 마천휘였다.

"추적은 그만두는 게 좋겠다. 그냥 이만 돌아가자."

얼마나 전력을 다해서 달려왔는지 땀을 뻘뻘 흘리며 나타난 마천휘의 밑도 끝도 없는 발언에 흑룡이 고개를 갸웃하며 물었다.

"이유가 뭔데?"

사부 사도진악이 아니면 상대가 그 누구라도 하대를 하는 사람이 흑룡이고, 마천휘는 평소 그런 흑룡의 태도를 못내 고깝게 생각하는 사람 중의 하나였다.

매사에 상명하복이 철저한 그는 직전제자인 자신과 무기명 제자에 불과한 흑룡에게는 엄연한 지위의 차이가 있다고 생각하는 사람이었기 때문이다.

하지만 지금의 그는 그렇지가 않았다. 전혀 그런 내색 없이, 눈살 하나 찌푸리지 않고 바로 대답했다.

"부약운, 그 계집의 배후가 누군지 알아냈다."

흑룡이 웃었다.

"얘도 바보처럼 흑표와 같은 말을 하고 있네. 야, 그 계집의 배우가 풍잔의 설무백이라는 것은……!"

"구천노조 호연작이다."

대뜸 말을 자른 마천휘가 부연했다.

"설무백이 그 계집의 진짜 배후인지는 몰라도, 오늘 그 계집을 도운 것은 그자다. 방금 내게 직접 그자를 만났다."

흑룡이 미간을 찌푸리며 물었다.

"만났다고? 그자와 싸웠다는 건가?"

마천휘가 안색을 붉히며 대답했다.

화를 내는 것이 아니라 무언가 수치스러워하는 것처럼 보였는데, 그의 입에서 나온 말이 그것을 대변했다.

"싸우지 않았다. 아니, 싸울 수 없었다. 나는 그자의 상대가 될 수 없음을 느꼈다."

흑룡이 웃었다.

"진심인가, 그 말?"

마천휘는 싸늘해진 눈초리로 흑룡을 노려보았다.

"내가 그렇게 느꼈으면 느낀 거다. 그 말에 네가 진심을 따질 이유는 없다. 돌아간다. 돌아가서 이 사실을 사부님께 전해야 한다."

흑룡은 영 미심쩍은 표정이었다.

상대적으로 흑표는 내심 매우 놀라고 있었다.

흑표도 그랬다.

자존심 강한 마천휘가 스스로 패배를 자인한다는 것은 그들에게 극히 이래적인, 아니, 충격적인 일이었다.

그러나 흑룡은 역시나 사부 사도진악의 명령을 쉽게 포기하지 않았다.

"한물간 그따위 늙은이가 뭐 그리 대수라고 여기서 물러난다는 거야! 아니, 그럴수록 더욱 그 계집을 포기하지 말아야지!"

흑표는 움찔했다.

그는 내심 앞서 자신이 본 늙은이가 구천노조 호연작이 아니라는 생각이 들어서 의아했으나, 그에 앞서 천우신조처럼 찾아온 이 기회를 놓치고 싶지 않아서 마천휘를 거들려고 했다.

하지만 단호한 흑룡의 태도에 그 말이 목구멍 속으로 쏙 들어가 버렸다.

'무식한 종자가 신념을 가지면 이래서 무섭지!'

흑표가 내심 전전긍긍하는 참인데, 그의 입장에선 매우 다행스럽게도 마천휘가 물러서지 않았다.

흑룡의 말을 들은 마천휘가 오히려 비웃는 듯한 미소를 지으며 불쑥 한마디 질문을 던져서 흑룡은 물론, 흑표도 간과하고 있던 사실을 지적했다.

"지금 너와 같이 온 흑사자들은 어디에 있나?"

흑룡의 눈빛이 변하고 안색이 굳어졌다.

흑표도 그제야 깨달은 눈빛으로 주변을 두리번거렸다.

그들은 대략 오십여 명의 흑사자들과 함께 출동했다. 그리고 그들, 흑사자들 중 이십여 명은 부약운의 도주로로 예상되는 길목을 차단하는 데 동원했으나, 나머지 삼십여 명은 그들의 뒤를 따르고 있었다.

그런데 그들이 여태껏 아무도 나타나지 않고 있는 것이다.

그들은 아무리 뒤쳐져 있었다고 해도 여태까지 나타나지 않을 정도의 하수들이 아니었다.

"흑사자들이 이미 전부 다 당했다고?"

흑룡의 혼잣말 같은 질문에 마천휘가 바로 반문했다.

"그게 아니라면 그들이 아직까지 이곳에 도착하지 않은 이유가 뭐지?"

흑룡의 눈빛이 거칠고 사납게 흔들렸다.

불신과 경악, 분노가 충돌하는 갈등의 눈빛이었다.

흑표는 다시 찾아온 기회를 놓치지 않고 재빨리 나섰다.

"돌아갑시다, 대형! 소제의 생각에도 그년을 쫓는 것보다 이 사실을 빨리 주군께 알리는 것이 급선무인 것 같습니다!"

"빌어먹을……!"

흑룡이 영 마뜩찮다는 듯이 욕설을 흘렸으나, 상황의 심각함을 인지한 듯 더는 고집을 부리지 않았다.

잠시 소태를 씹은 것처럼 쩝쩝 입맛을 다신 그는 이내 신경질적으로 외치며 돌아섰다.

"그래. 돌아가자, 돌아가!"

같은 시각. 천공수의 도움으로 독고인을 뿌리치고 자리를 떠난 부약운과 홍인매는 서북쪽으로 뻗어진 관도로 접어들고 있었다.

애초의 계획대로 하북성을 가로지르는 장강의 중심인 형주부(荊州府)를 통해서 장강을 건너서 호남성 장사부의 서쪽에 자리한 악록산(岳麓山)으로 가기 위함이었다.

거기 악록산의 모처에 지난날 설무백이 비밀리에 빼돌린 그녀의 숙부, 삼안일도 부적산 등 흑선궁의 제자들이 웅거한 비밀거점이 자리한 것이다.

다만 애초의 예상보다 그녀들의 발걸음은 매우 더뎠다.

비교적 멀쩡한 부약운과 달리 홍인매의 상태가 좋지 않았다.

내색을 삼갔을 뿐, 홍인매는 앞선 흑사자들의 싸움에서 상당한 내외상을 입은 상태였기 때문이다.

그런 그녀들에게 악재가 겹쳤다.

그녀들이 호남성 장사부로 돌아갈 수도 있다는 예측을 한 추적자가 있었던 것이다.

"거봐. 내가 뭐랬어? 사람도 동물이라 귀소 본능이 있다고 했지? 흐흐흐……!"

홍인매를 부축한 부약운이 형주부로 이어진 관도로 들어섰을 때였다.

관도의 길목인 좌우 수풀에서 뛰어나온 흑의인이 키득거리고 있었다.

부약운은 앞을 막아선 상대, 흑의인의 정체를 첫눈에 알아보며 절로 눈살을 찌푸렸다.

실눈을 가진 동그란 얼굴이 마치 분을 바른 듯 새하얗게 보여서 왠지 사이(邪異)한 느낌을 불러일으키는 그 흑의인의 정체는 바로 사도진악의 친위대격인 직속 수하들인 흑사자들의 서열 팔 위의 고수인 흑생(黑生)이었다.

그리고 그는 혼자가 아니었다.

그의 뒤를 따라서 줄줄이 수풀을 나서는 인원이 세 명이나 더 있었고, 그들 역시 그녀가 익히 잘 아는 흑사자들의 상위서

열을 가진 자들이었다.

흑사자 서열 구 위인 거대한 체구의 흑웅(黑熊)과 대나무처럼 바싹 마르고 두 팔이 기형적으로 길어서 원숭이처럼 보이는 흑사자 서열 십일 위인 흑원후(黑猿猴), 그리고 움푹 파인 두 눈가가 검게 그늘져서 마치 성난 너구리처럼 보이는 나머지 하나는 비록 흑사자 서열은 이십삼 위에 불과하지만 상당한 무위를 가져서 늘 상위 서열들하고만 어울리는 흑사자들의 신성 흑목이었다.

부약운은 누구 하나 만만히 볼 상대가 없어서 심히 맥이 풀렸다.

혼자라면 모를까 운신이 버거울 정도로 다친 홍인매를 끼고 싸우기에는 상대들이 너무나도 강한 자들이었다.

그렇다고 도망칠 수도 없었다.

그건 그냥 싸우는 것보다도 더 죽음을 자초하는 일이었다.

부약운의 그와 같은 망설임을 아는지, 흑생이 특유의 야릇한 미소를 흘리며 손가락을 좌우로 흔들었다.

"그냥 도망치는 건 악수야. 그렇다고 막무가내로 덤비는 것도 미련한 짓이고. 이건 내가 옛정을 생각해서 말해 주는 건데, 그냥 포기하고 무릎을 꿇어라. 그럼 어쩌면 목숨을 보존할 수 있을지도 몰라. 우리 림주께서는 네 머릿속에 있는 그거, 네 아비의 절기인 사령십이파검(死靈十二破劍)이 이대로 사장되는 것을 매우 안타깝게 생각하시거든."

"돼지에게 진주목걸이를 주라고?"

부약운은 코웃음을 치고는 독기를 품은 눈빛으로 홍인매의 부축을 풀며 냉갈했다.

"차라리 나보고 가랑이를 벌리라고 그래라! 헛소리 집어치우고 어서 덤벼! 적어도 몇 놈은 저승길에 길동무로 삼을 테니까!"

흑생이 정말 피곤하다는 듯 두 손으로 관자놀이를 문지르며 말했다.

"하여간 좋은 말로 하면 꼭 이렇게 반항하는 애들이 있어요. 애들아, 일단 꿇어앉히고 다시 얘기하자. 다들 알지? 재미 좀 보려면 두 년 다 더는 다치게 하면 안 된다, 너희들?"

흑생의 뒤에 서 있던 흑웅과 흑원후, 흑목이 음충맞은 기소를 흘리며 앞으로 나섰다.

그때였다.

"야야, 그러지 말고, 나랑 얘기하자. 멀쩡한 사내 녀석들이 다친 여인들에게 이 무슨 몰상식한 짓이냐?"

부약운이 지그시 어금니를 깨물며 검극을 세우고, 힘겹게 서 있던 홍인매의 두 손이 소매 속으로 들어가서 백비접을 움켜잡은 그 순간에, 그녀들의 뒤쪽에서 들려온 목소리였다.

너 나 할 것 없이 장내의 모두가 놀라서 바라본 그곳에는 노인처럼 보이면서도 노인이 아닌 것 같은 느낌이 드는 용모의 흑의사내 하나가 나타나서 손을 내젓고 있었다.

구릿빛 얼굴에 자글자글한 주름이 가득해서 노인인가 싶으면서도, 종처럼 떡 벌어진 어깨와 맑게 빛나는 눈빛은 도저히 노인과 어울리지 않아서 그렇게 느껴졌다.

다만 부약운은 어딘지 모르게 사내의 용모가 낯설지 않아서 절로 고개를 갸웃했다.

그러다가 기억났다.

약간의 차이가 있기는 했으나, 지금 나타난 흑의인의 용무는 앞서 독고인의 마수에서 구해 준 노인의 풍모와 너무나도 흡사했다.

'분명 아까 그분은 아닌데…….'

부약운의 생각이 거기서 끊어졌다.

흑의사내를 보고 안색이 변한 흑생이 비릿하게 웃으며 말했다.

"역시 뒤를 봐주는 놈이 있었군그래."

흑의사내가 그런 흑생의 반응을 대수롭지 않게 외면하고 부약운을 바라보며 울상을 지은 얼굴로 사정했다.

"저기 소저, 아무래도 소저 먼저 자리를 떠나야 할 것 같네요. 이놈들 이거 다들 보통이 아니라 애 좀 먹을 것 같아서 말입니다. 괜히 여기 있다가 소저가 다치기라도 한다면 내가 정말 사숙을 볼 면목이 없어서 난감해지니 부디 부탁합니다."

"예……?"

부약운은 어째 이 말 또한 전혀 낯설지 않아서 의문이 배가 되며 조심스럽게 물었다.

"분명 아까 그 은인은 아니신 것 같기는 한데…… 저기, 혹시 그 사숙이라는 분이 누구시죠?"

노인인지 아닌지 모르게 오묘한 인상을 풍기는 의문의 흑의 사내, 바로 천하삼기의 하나인 야신 매요광의 제자인 야제 천공수를 비롯해서 흑점의 삼태상의 공동전인인 흑혈이 누런 이를 드러내고 히죽 웃으며 대답했다.

"그야 설무백이시죠."

"아, 예……."

부약운은 대체 이게 무슨 일인가 싶어서 멍해졌으나, 사숙이 설무백이라는 한마디에 더 묻지도 따지지도 않고 바로 포권의 예를 취했다.

"그럼 뒤를 부탁드립니다."

흑혈이 만면에 미소를 지으며 마주 공수했다.

"그 점은 염려 붙들어 매셔도 되니, 조심히 살펴 가십시오."

부약운이 바로 돌아서서 발걸음을 서둘렀다.

부약운이 자리를 떠나고 있음에도 흑생 등은 선뜻 움직이지 않고 조용히 지켜만 보았다.

적어도 그들은 흑혈이 예사롭지 않은 고수라는 것을 알아볼 정도의 안목을 가진 고수들인 것이다.

다만 한편으로 그들은 자신들이 질 거라고도 생각하지 않았다.

쓸데없이 부약운까지 나서게 하는 것보다 그녀를 떠나보내고 흑혈을 상대하는 것이 자신들에게 보다 더 유리하다고 생각했을 뿐이었다.

부약운은 그 뒤에 잡아도 충분하다는 결정이었다.

그러나 그건 그들의 오판, 실책이었다.

흑혈은 그들의 생각처럼 그리 만만한 무인이 절대 아니었다. 야제 천공수를 비롯해서 유령노조와 흑천신의 절기까지 모두 다 전수받고 하나같이 경지를 이룬 그는 그림자 인생을 살아야 하는 흑점의 율법을 벗어나서 지금 당장 강호무림에 나서도 능히 백대고수에 포함될 수 있을 정도의 무위를 갖춘 고수인 것이다.

흑생의 눈짓에 따라 먼저 나선 세 사람, 흑웅과 흑원후, 흑목은 이내 그것을 실감할 수 있었다.

세 사람이 동시에 움직이는데도 가벼운 옷자락 소리만 들렸다. 그들이 얼마나 상당한 수련을 거친 고수인지를 짐작케 하는 모습이었다.

하지만 흑혈의 눈에 들어온 그들의 행동은 그리 대단해 보지 않았다. 속도나 기세는 상대적인 것이다.

그는 이미 그들의 경지를 뛰어넘은 무위를 가지고 있기에 그들의 움직임이 빠르거나 강렬하게 다가오지 않았고, 하물며 그 속에 내포된 허점도 눈에 보였다.

흑혈은 그 허점을 정확히 주시하며 움직였다.

한 걸음을 내딛는 것으로 보였으나, 한 걸음이 아닌 움직임이었다.

흐릿해진 그의 신형이 다다르는 세 사람의 곁을 스치고 지나가며 어느새 뽑혀서 그의 손에 들린 칼이 반짝 빛을 발했다.

스칵―!

뒤늦게 미세한 소음이 일어났다.

예리하게 공기를 가르는 검광이 포착된 것은 그다음이었다.

"헉!"

순간, 거대한 몸집의 흑웅이 비틀거리며 뒤로 물러났다.

그의 옆구리가 길게 갈라지며 피를 흘려내고 있었다.

흑원후는 비록 신음을 흘리지는 않았으나, 흑웅보다 더한 상처를 입었다.

그의 한쪽 어깨에서 피 화살이 뿜어졌다.

무처럼 썩둑 잘린 그의 한쪽 팔이 바닥에서 펄떡이고 있었다.

하지만 가장 큰 상처를 입은 것은 그들이 아니라 흑목이었다.

그들, 두 사람은 찰나지간의 반응으로 몸을 비틀거나 물러나는 것으로 흑혈의 칼날을 그나마 피할 수 있었기에 그 정도였다.

그들과 달리 전혀 반응하지 못한 흑목은 벼락 맞은 고목처럼 쓰러졌다.

머리가 없는 고목이었다.

속절없이 공중으로 떠올랐던 그의 머리가 뒤늦게 떨어져서 바닥을 굴렀다.

"······!"

장내가 찬물을 끼얹은 것처럼 고요해졌다.

그 속에서 흑웅과 흑원후는 자신들의 실수를 절감했다.

처음부터 전력을 다해야 했는데, 그러지 않았다.

명백한 실수였다.

그리고 그런 그들의 생각은 틀리지 않았다.

흑혈은 방금 일 수에 전력을 다했다.

상대들이 방심하고 있는 사이에 승기를 잡고 승부를 결정지으려는 판단이었고, 그 판단은 옳았다.

상대들이 전력을 다하고 그가 느슨하게 대응했다면 절대 지금과 같은 결과를 얻지 못했을 터였다.

상대들이 그를 얕보고 느슨하게 대응했고, 그는 전력을 다했기에 지금과 같은 결과를 얻었다.

순간의 선택이 승부를 갈랐다.

당사자인 흑혈조차 이처럼 완벽하게 들어맞을 줄 몰라서 어리둥절해 버린 성과였다.

이럴 때 한마디 조소가 없다면 흑혈이 아닐 것이다.

"뭐야, 이거? 기세등등하게 나서서 뭐 좀 있나 했더니만, 별거 없잖아?"

흑혈은 히죽 웃으며 수중의 칼을 허공에 휘둘러서 피를 털어내고는 뒤쪽에 서 있는 굳은 안색의 흑생을 향해 손가락을 까딱였다.

"야, 너, 허여멀건 애. 너도 합세해야겠다."

흑생은 조롱에도 불구하고 꼼짝도 하지 않았다.

오히려 흑웅과 흑원후가 돌발에 넘어가서 눈을 부릅뜨며 나섰다.

"죽인다!"

흑혈은 보란 듯이 하품을 했다.

"아이고 식상해라. 뭐 그런 거 말고 다른 신선한 분노의 표현은 없냐?"

없는 모양이었다.

"죽어라!"

흑웅과 흑원후가 말의 어미는 다르지만 결국 같은 뜻을 가진 외침으로 분통을 터트리며 득달같이 달려들었다.

쐐애액-!

흑웅의 손에 들린 거대한 대감도가 요란한 파공음을 일으키며 검기를 뿌리고, 흑원후의 손에 들린 장검이 이글거리는 검광으로 그물을 형성하며 흑혈을 덮쳤다.

그 순간에 그들의 뒤에 서 있던 흑생이 신형을 날렸다.

어이없게도 흑혈을 향해서가 아니라 뒤쪽으로였다.

"저런 비열한 새끼……!"

흑혈은 하도 어처구니가 없어서 절로 실소했으나, 거기에 한눈을 팔고 있을 여유가 없었다.

그는 즉시 칼을 휘둘러서 흑웅의 대감도를 쳐 내고, 바로 자리를 옮겨서 흑원후의 장검이 형성한 검기의 그물을 벗어났다.

챙―!

거친 금속성과 함께 측면으로 비껴 나간 흑웅의 대감도가 바닥을 때렸다.

흑원후의 장검이 그린 검기의 그물이 헛되이 허공을 뒤덮으며 소멸되었다.

흑혈은 그사이 재차 한 걸음 뒤로 물러나서 그들과의 거리를 멀찍이 벌리며 소리쳤다.

"여기까지! 싸움은 그만!"

흑웅과 흑원후가 분노한 기색으로 씨근거리면서도 더는 덤비지 않고 흑혈을 노려보았다.

그들도 흑생이 자신들만 남겨 두고 자리를 떠났음을 알고 머뭇거리는 것이다.

흑혈은 그런 그들을 닦달했다.

"너희들은 어떤지 몰라도 나는 저런 놈을 정말 극도로 혐오한다. 그래서 이제 너희들하고 안 싸울래. 아무리 적이지만 여기서 너희들을 죽여 버리면 너희들은 고사하고 내가 더 분하고 억울해서 안 되겠다. 내가 지금 무슨 말 하는 건지 알지?"

다른 건 몰라도 흑혈은 그게 적이든 아군이든 간에 다른 사람에게 이용당하는 걸 죽기보다 싫어하는 사람이었다.

그래서였다.

그는 지금 절대적으로 흑웅 등과 싸우기 싫었다. 아니, 정확히는 흑웅 등을 죽일 수 없었다.

뻔히 보이는 흑생의 속내가 너무나도 얄미웠기 때문이다.

모르긴 해도, 먼저 자리를 떠난 흑생은 흑혈이 이런 식으로 상식을 벗어난 결정을 하리라고는 죽었다가 깨어나도 모를 것이다.

흑혈의 말을 들은 흑웅과 흑원후도 다르지 않았다.

그들은 그저 씨근거리는 모습으로 멀뚱거리며 서 있었다.

지금 이게 대체 무슨 상황인지 종잡을 수 없어서 멍해진 태도였다.

흑혈을 이길 자신이 있다면 그러지 않았을 테지만, 그들에겐 그런 자신이 없었다.

흑혈은 웃는 낯으로 그들을 향해 손을 흔들며 돌아섰다.

"내가 순수한 마음으로 부탁하는데, 가서 깽판을 치든, 잡아 죽이든 해라! 너무 얄밉잖아, 그 얍삽한 새끼!"

흑웅과 흑원후가 무안의 흑도천상회에 도착한 것은 그로부터 하루 반나절이 지난 저녁이었다.

목숨을 위협할 정도로 심대한 상처는 아니었으나, 그렇다고 가볍게 볼 수도 없는 상처를 입은 그들로서는 그게 최선이었고, 최대의 속도였다.

그들이 도착했을 때, 흑도천상회의 모든 실권은 이미 사도진 악의 수중에 들어가 있었다.

대문의 경계를 맡은 무사들부터가 쾌활림의 지휘를 받고 있을 정도였다.

그러나 그럼에도 불구하고 그들이 대청에서 만난 사도진악의 심기는 몹시도 편치 않았다.

평소 어지간한 일에도 일희일비하지 않으며 감정을 드러내는데 극도로 박했던 그가 노골적으로 분노를 표출하고 있었다.

마침 그들보다 먼저 도착한 마천휘 등의 보고를 듣고 나서 분노한 것인데, 그 바람에 그들은 쾌활림의 요인들과 함께 대청에 자리한 흑생을 보고도 선뜻 다른 내색을 할 수 없었다.

"그래서?"

호피(虎皮)를 씌운 화려한 태사의에 앉아 있던 사도진악이 매서운 눈초리로 마천휘를 직시하며 추궁했다.

"그따위 어린 계집 하나 잡지 못하고 꽁지가 빠지게 도망쳐 왔다는 게냐?"

마천휘가 대답했다.

누구라도 오금이 저릴 사도진악의 분노 앞에서 그는 놀랍게도 평정을 유지하고 있었다.

"제자는 이기는 싸움을 하지, 지는 싸움은 하지 않습니다. 사부님께서 그리 가르치셨습니다. 그자는 저보다 강했고, 그래서 물러난 것이니 이를 두고 사부님이 탓하실 일은 아니라고 생각합니다. 매사에 어느 것이 이득이냐를 먼저 따지고 움직여야지 순간의 감정으로 섣부르게 나서는 것은 일을 그르치는 지름길이 아니겠습니까. 물론 이 또한 사부님의 가르침이었습니다."

극도로 분노한 기색인 사도진악의 매서운 눈초리가 마천휘의 곁에 서 있는 흑룡에게 돌려졌다.

"너는? 너는 무슨 생각으로 그년을 포기하고 그냥 돌아온 거냐?"

흑룡이 시큰둥하게 대답했다.

대청에서 마천휘와 함께 전혀 주눅 들지 않은 모습인 사람이 또한 그였다.

"저야 뭐 중론을 따랐지요. 평소 림주께서 제게 그리 말씀하셨잖습니까. 너는 생각하는 머리가 없으니 대부분의 일에서 중론을 따라라. 그래야 실수를 하는 일이 적고, 오래 살 수 있다 하셨지요."

사도진악의 두 눈에 불길이 치솟았다.

분노의 불길처럼 보였으나, 이내 그게 아니라는 것이 드러났다.

"음하하하하……!"

사도진악이 갑자기 표정을 풀며 자못 호탕한 대소를 터트렸다.

그는 이내 웃음을 그쳤으나, 여전히 웃음기가 남은 얼굴로 마천휘와 흑룡을 쳐다보며 말했다.

"잘했다. 그리고 수고했다. 앞으로도 그리하면 되느니라. 내 지시에 어긋나는 행동만 하지 않으면 족하다."

마천휘가 당연히 그럴 줄 알았다는 듯 대수롭지 않게 고개를 숙였다.

흑룡도 여전히 시큰둥한 표정으로 말없이 고개를 숙이고 있었다.

밖에서 인기척이 들리며 대청의 문이 열린 것이 그때였다.

일단의 무리가 안으로 들어서고 있었다.

청수한 학자풍의 두 노인과 젊은 일남일녀를 대동한 선풍도골(仙風道骨)의 노인이었다.

전부터 쾌활림과 흑선궁 등과 함께 흑도천상회의 실권을 나누고 있던 구양세가의 전대가주 신도귀명 구양청 등이 바로 그였다.

"이거 내가 너무 일찍 온 것이오?"

서글서글한 눈빛으로 딱딱한 분위기의 대청을 둘러본 구양청이 겸연쩍은 미소를 흘렸다.

사도진악이 태사의에서 일어나서 단상을 내려오며 웃는 낯으로 구양청을 맞이했다.

"아니오. 마침 얘기가 다 끝난 참이었소. 자, 자. 이쪽으로 앉으시구려."

태사의가 자리한 단상 아래, 대청의 중앙에는 거대한 팔선탁이 놓여 있었다.

사도진악은 그곳의 의자에 구양청을 앉히고 자신도 맞은편 의자를 빼서 앉으며 자리를 정리했다.

"마천휘와 흑룡, 흑표만 남고 다들 물러가라."

자리가 그렇게 정리되었다.

다만 마천휘와 흑룡, 흑표 이외에도 회색빛 복면을 쓴 두 사람이 밖으로 나가지 않고 묵묵히 사도진악의 뒤에 시립했는데, 명령을 내린 사도진악은 물론, 구양청도 당연하다는 듯 별다른 내색이 없었다.

그들, 두 사람이 언젠가부터 사도진악를 그림자처럼 따르는 호위들인 천사인(天邪人)과 지사인(地邪人)임을 구양청도 익히 잘 알고 있는 것이다.

잠시 후, 그들이 자리한 팔선탁에 간단한 다과가 준비되었다.

감미로운 차와 모양을 내서 자른 몇 가지 과일이었다.

다들 차향을 음미하던 중에 먼저 본론을 꺼낸 것은 구양청이었다.

"얘기 들었습니다. 그 아이를 놓치셨다고요?"

사도진악이 대수롭지 않게 말을 받았다.

"그 계집 뒤에 다른 조력자가 있었나 봅니다. 분명 설 가, 그 아이가 난주에 있음을 확인하고 움직였는데, 뜻밖의 인물이 방해를 했소."

"뜻밖의 인물이요?"

"구천노조 호연작이오."

"……!"

구양청의 주름진 미간이 살짝 일그러졌다.

　"그자는 과거 혈교가 중원에 난입했을 때 죽었다고 알려졌는데. 그자가 아직 살아 있단 말이오?"

　"그런가 보오."

　"하면, 그자도 설 가, 아이와 한통속이라는 소리요?"

　"거기까진 아직 밝혀내지 못했소. 차제에 심혈을 기울여서 한번 알아볼 참이오."

　"거참, 어째 일이 점점 꼬이는 기분이구려."

　구양청의 걱정에 사도진악이 활짝 웃었다.

　"꼬일 게 무에 있소. 과거 구천노조 호연작은 추종하는 자들이 적지 않았음에도 세력을 꾸미지 않고 혼자 움직이는 것으로 유명한 독불장군이었소. 설령 그가 설 가, 아이와 한통속이라고 할지라도 오직 그자 하나가 더 늘었을 뿐 아니겠소. 그리 걱정할 일은 아니외다."

　구양청이 쓰게 입맛을 다시며 고개를 저었다.

　"본인은 그거 하나만 두고 얘기하는 게 아니오."

　사도진악이 눈을 끔뻑였다.

　"하면, 무슨 다른 일이라도……?"

　"최근 기분 나쁜 소문을 하나 들었소."

　"대체 무슨 소문이기에 그러시오?"

　구양청이 잠시 뜸을 들이다가 대답했다.

　"물론 아직 정확한 실체가 드러난 것은 아니지만, 하오문이 그 아이를 돕고 있다는 소문을 들었소."

사도진악이 대수롭지 않게 웃었다.

"아니, 그게 무슨 대수라고 그리 걱정을 하시오. 하오문 애들이야 상대가 누구라도 돈만 주면 일을 해 주는 애들이 아니오. 게다가 걔들이 취급하는 정보라고 해 봤자, 뒷골목 애들의 치다 꺼리에나 필요할 잡다한 것들에 불과할 텐데, 괜한 심력을 낭비하는 것 같소이다."

구양청이 따라 웃었다.

하지만 그의 웃음은 사도진악의 웃음이 의미하는 것과 반대로 향하고 있었다.

"정말로 노부가 괜한 심력을 낭비한다고 생각한다면 사도 림주에게 실망이오. 무릇 정보의 근원은 바닥에 있는 법이오. 소소하고 잡다한 것들이 모여서 기둥이 되고, 틀이 되어서 본체를 완성하는 거요. 구걸이나 하는 비렁뱅이 귀동냥으로 얻어서 모인 것이 바로 개방의 정보가 아니겠소. 작금의 우리에게 가장 취약한 부분이 정보인 이상, 절대 가볍게 넘어갈 일은 아니라는 것이 본인의 생각이오."

사도진악은 구양청의 한 수 가르쳐 준다는 식의 말투에 기분이 상해 버렸으나, 그걸 내색할 수는 없었다.

작금의 그에게 아니, 이후에도 구양청은 없어서는 안 될 존재였다. 그가 중원무림을 품을 수 있는 명분을 안겨 줄 사람이기 때문이다.

"구양 노사의 말을 듣고 보니, 아무래도 내 생각이 좀 짧았던 것 같소. 정말 가볍게 넘길 일이 아니구려. 그에 대해서 따로 알아보도록 하겠소."

기꺼운 표정으로 변한 구양청이 입을 열기 전에 먼저 나서는 사람이 하나 있었다.

"소손이 한 말씀드려도 되겠습니까, 할아버지."

구양청의 뒤에 장승처럼 시립해 있는 두 노인과 달리 구양청의 곁에 앉은 젊은 일남일녀 중 일남인 백의사내, 구양세가의 신성으로 추앙받는 십전옥룡 구양일산이었다.

구양청이 대답 대신 슬쩍 사도진악을 보았다.

그래도 괜찮겠냐는 의미의 눈빛이었다.

사도진악이 기꺼이 고개를 끄덕였다.

"구양일산의 머리가 과거 삼국을 호령하던 제갈량과 비교된다는 얘기는 본인도 익히 들어서 잘 알고 있소. 어디 한번 들어 봅시다."

구양청이 그제야 슬쩍 구양일산에게 시선을 주며 허락했다.

"어른들 말씀 중이니 짧게 본론만 얘기하거라."

구양일산이 여부가 있겠냐는 듯 힘주어 짧게 고개를 숙이며 말했다.

"외람된 말씀일지 모르나, 하오문에 대한 일을 저에게 맡겨 주십시오. 마침 제게 그쪽 방면에서 놀던 수하들이 몇 있습니다. 그들을 활용한다면 하오문에 대한 진위와 더불어 차제에 하오문 자체를 무너트리거나 수중에 넣을 수도 있을 듯합니다."

구양일산의 말이 끝나기 무섭게 구양청이 슬쩍 사도진악에게 시선을 주었다.

의중을 묻는 것이다.

사도진악이 활짝 웃는 낯으로 반응했다.

"손해가 없는 장사네요. 밑져야 본전인데 맡기지 않을 이유가 없지요."

구양일산이 깊이 고개를 숙였다.

"감사합니다! 최선을 다해 보겠습니다!"

구양청이 끌끌 혀를 차며 꾸중했다.

"최선이 중요한 게 아니다. 그건 누구나 다 할 수 있는 일이 아니더냐. 결과가 중요한 게야, 결과가. 이렇다 할 결과가 없다면 버릇없이 어른들 얘기하는 데 끼어든 것에 대한 과오를 물을 테니, 마땅히 흡족한 결과를 가져와야 할 것이다."

구양일산이 자신만만한 태도로 대답했다.

"예, 알겠습니다!"

구양청이 그제야 미온하게나마 웃는 낯으로 사도진악을 바라보며 말했다.

"어린것이 혈기만 앞서서 이런다오. 너그럽게 용인해 주어서 고맙소, 사도 림주."

사도진악이 활짝 웃는 낯으로 손사래를 쳤다.

"별말씀을……! 나는 그저 부럽구려. 믿음직스럽지 않소이까."

구양청이 애써 싫지 않은 표정을 감추며 말문을 돌렸다.

"그보다 이제 어느 정도 내부가 정리된 듯하니, 더 늦기 전에어서 회주의 자리에 오르셔야 하지 않겠소?"

그는 자못 진중한 어조로 덧붙여 말했다.

"졸지에 대들보가 빠져나간 격이 아니오. 오래 비워 둘 이유가 없고, 그래서도 안 되는 일이외다."

사도진악은 어색한 미소를 흘리며 대답했다.

"그 말을 부정하는 것은 아니나, 아직은 때가 아닌 것 같소. 느닷없는 회주의 실종으로 공석이 되었는데, 기다렸다는 듯이그 자리를 차지하는 건 너무나도 모양새가 좋지 않소. 해서, 말인데……."

말꼬리를 흐린 그는 넌지시 본론을 꺼냈다.

"오늘 본인이 구양 노야에게 자리를 청한 것은 그에 대해 마땅한 명분을 취하기에 앞서 허락을 받기 위함이오."

"명분을 취한다?"

"마침 앞서 구양 노야께서도 언급한 터라, 편하게 말하겠소. 앞서 구양 노야가 말씀한 대로 작금의 우리에게 가장 취약한것이 정보요. 정보의 산실이라는 개방이 무림맹에 붙어 있으니어쩔 도리가 없는 일이긴 하나, 그래서 더욱 처리가 시급할 것같소."

구양청이 고개를 갸웃했다.

"그 말인 즉, 개방을 염두에 둔 것 같은데, 개방이 우리를 도울 이유가 없지 않소?"

사도진악은 자못 냉정하게 말했다.

"그렇소. 그래서 하는 말이오. 가질 수 없다면 파괴해야지요."

구양청의 안색이 변했다.

"파괴……? 개방을요?"

사도진악은 고개를 끄덕이며 의미심장한 미소를 머금었다.

"개방도를 다 처리할 수는 없을 거요. 모래알처럼 많고 천하 각지에 흩어져 있는 그들을 일일이 다 찾아서 죽일 수는 없을 뿐더러, 설령 죽일 수 있다고 해도 그 시체가 다 썩는다면 역병이 돌아서 우리마저 피해를 볼지도 모를 테니까."

사도진악은 웃는 낯으로 한마디 신소리를 하고는 곧바로 자신의 계획을 드러냈다.

"하지만 충분히 와해는 시킬 수 있소. 저들의 편제를 지탱하는 수좌들의 모가지만 전부 다 따 버리면 가능한 일이오. 태생이 비렁뱅이인 자들이니 보고할 머리가 없으면 여지없이 그 권한을 가지려는 자들로 인해 자중지란(自中之亂)이 일어나서 지리멸렬(支離滅裂)할 것이 자명하오."

그는 의미심장한 미소를 머금으며 말을 끝맺었다.

"마침 제게 쥐도 새도 모르게 그 일을 성사시킬 만한 칼이 하나 있어서 드리는 말이오."

사도진악과 구양청의 대화가 끝나 가는 그 무렵, 밖에서는 더 없이 흉흉한 분위기 속에 쾌활림의 정예들이기 이전에 사도진악의 친위대인 수백 명의 흑사자들이 운집해 있었다.

　　흑생과 흑웅, 흑원후의 대치가 불러온 집결이었다.

　　"뭐야? 하고 싶은 말이 뭔데?"

　　흑생은 당당한 태도였다.

　　흑사자들의 거처인 흑전각(黑殿閣)에 들어서기 직전에 그의 앞을 막아선 흑웅과 흑원후는 분노를 더하며 따졌다.

　　"대체 무슨 속셈이었던 거요?"

　　팔 하나를 잃은 흑원후의 다그침이었다.

　　그는 최대한 분노를 삼키며 예의를 다하고 있었다.

　　거치인 흑전각 앞에서 대기하던 흑사자들이 그가 앞서 가던 흑생의 소매를 신경질적으로 잡아채는 것을 보기 무섭게 우르르 몰려들었기 때문이다.

　　흑생이 태연하게 웃으며 반문했다.

　　"지금 하극상을 하겠다는 거냐?"

　　흑원후가 더는 참치 못하고 사실을 밝혔다.

　　"나는 지금 적과 대치하고 있는 우리를 버리고 떠난 형님의 저의를 묻고 있는 거요."

　　몰려든 흑사자들이 웅성거렸다.

흑생이 아무렇지도 않게 웃는 낯으로 그들을 둘러보고 나서 흑원후를 바라보며 되물었다.

"대치가 아니라 궁지에 몰린 거 아닌가? 아니, 사지에 빠진 거지. 전혀 이길 가망이 없어 보였으니까. 안 그래?"

흑원후가 지그시 어금니를 악물었다.

"그래서 이유가 뭐라는 거요?"

흑생이 치가 떨리도록 뻔뻔스러운 태도로 대답했다.

"그래서는 뭐가 그래서야? 당연히 그러니까 먼저 자리를 뜬 거지. 너희들은 아직도 공과 사를 구분하지 못하냐? 그래서 내가 너희들과 함께 그자와 싸우다가 같이 죽어야 한다는 거야?"

그는 코웃음을 치고는 따지듯이 재우쳐 물었다.

"내가 왜? 어째서 그래야 하지?"

흑원후가 너무 기가 막혀서 말문까지 막힌 표정으로 대답하지 못했다.

흑생이 그러거나 말거나 태연히 웃는 낯으로 다시 말했다.

"너 뭔가 단단히 착각하고 있는 모양인데, 내가 충고 하나 해 주마. 너나 나나 순전히 개인적인 욕심을 취하고자 쾌활림의 일원이 된 것일 뿐, 다른 이유는 없다. 우리가 생사고락(生死苦樂)을 같이 하는 의형제라고? 그래서 얻는 모든 복락을 함께 나누는 거라고? 과연 림주도 그렇게 생각하고 있을까?"

"……!"

"그따위 허황된 생각은 개나 줘 버려! 생은 같이하지만 사는

같이할 수 없고, 즐거움은 나눌 수 있지만 고생은 제각기 알아서 하는 거야. 공사를 구분하는 것부터가 그래서인 거다."

흑생은 더없이 냉정해진 눈빛으로 주변에 운집한 흑사자들을 둘러보며 재우쳐 강변했다.

"너희들도 명심해! 죽이 되든 밥이 되든 살아야 함께 복락을 누릴 수 있다. 죽으면 말짱 도루아미타불 꽝인 거야. 그러니 비겁이니 뭐니 따지지 마라. 살 수 있다면 비겁해도 좋고, 도망가도 좋다. 싸움에서 비겁을 따지냐? 아니면 적에게만 비겁을 따지는 거냐?"

주변을 훑쓴 흑생의 시선이 흑웅과 흑원후에게 고정되었다. 그리고 자신의 질문에 스스로 답하며 결정적인 한마디를 덧붙였다.

"아니지. 그건 정말 우스꽝스러운 일이지. 그렇다면 내 보고를 들은 림주가 너희들에게까지 아무런 말도, 내색도 하지 않을 이유가 없는 거지."

"……!"

흑원후의 눈이 커졌다. 내내 싸늘하게 흑생을 노려보고만 있던 흑웅도 당황한 기색을 드러냈다.

"림주에게 이미 모든 사실을 보고했다고……?"

흑생이 비릿하게 웃으며 쏘아붙였다.

"나는 너희들처럼 공사를 구분하지 못하는 사람이 아니다!"

그는 당황하는 흑웅과 흑원후의 전신을 한차례 훑어보고 돌

천외천의
주인

아서며 비웃듯이 충고했다.

"이럴 시간에 어서 가서 제대로 치료나 해라. 그래야 살아서 우리와 함께 복락을 누릴 것이 아니겠냐."

흑웅과 흑원후는 분노에 겨운 표정으로 부르르 진저리를 쳤으나, 끝내 돌아서는 흑생에게 아무런 대꾸도 하지 못한 채 그대로 서 있었다.

그러다가 흑원후가 먼저 돌아섰고, 그 뒤를 흑웅이 따랐다.

그들은 그렇게 왔던 길을 거슬러서 사도진악의 거처인 속칭 암왕전(暗王殿)으로 갔다.

무슨 다른 목적을 품은 것이 아니었다.

그저 무작정 사도진악을 한번 만나 봐야겠다는 생각이었다.

그러나 막상 암왕전에 도착한 그들은 선뜻 안으로 들어설 수가 없었다. 때마침 암왕전을 빠져나오는 일단의 무리가 있었기 때문이다.

구양청 등과 그 뒤를 따라서 밖으로 나서는 마천휘와 흑룡, 흑표가 바로 그들이었다.

그중 가장 나중에 암왕전을 나선 흑표가 무리를 이탈해서 그들에게 다가오며 묘하게 웃었다.

"너희들이라면 다시 올 줄 알았다. 가자."

흑웅과 흑원후는 어리둥절해하며 머뭇거렸다.

"저희들은……."

"알아."

흑표가 잘라 말했다.

"흑생에게 따지다가 말이 안 통해서 사부님을, 아니, 림주를 만나러 온 거잖아."

"……!"

"그러니까 따라와. 내가 술 한 잔 살게."

흑웅과 흑원후는 그래서 선뜻 나서지 않고 망설이다가 불쑥 물었다.

"정말 림주께서 흑생의 보고를 듣고도……!"

"어허……!"

흑표가 재빨리 말을 자르고 눈총을 주며 속삭였다.

"너희들은 눈치도 없냐? 여기 보는 눈이 몇이고, 듣는 귀가 몇인데, 그따위 소리를 해?"

"……!"

흑웅과 흑원후가 그제야 구양청과 흑룡 등이 가던 길을 멈춘 채 자신들을 돌아보고 있다는 사실을 인지하며 함구했다.

흑표가 그런 그들에게 새삼 눈치를 주며 의미심장하게 속삭였다.

"작금의 흑사자들은 아니, 쾌활림 자체가 너희들이 알고 있는 지난날의 쾌활림이 아니야. 언제까지 현실을 직시하지 못한 채 추억이나 그리워하며 살래? 너희들도 살길 찾아야지."

흑웅과 흑원후가 무거워진 낯빛으로 한숨을 내쉬었다.

흑표가 어색하게 웃는 낯으로 그런 그들의 어깨를 다독이며 발길을 옮겼다.

"가자. 너희들이 홀딱 반할 만한 곳으로 안내하마."

흑웅과 흑원후가 이제야말로 흑표에게 색다른 용무가 있음을 간파하며 묵묵히 그 뒤를 따라갔다.

"그럼 살펴 가십시오, 저희들은 따로 용무가 있어서……."

마천휘는 흑웅과 흑원후가 흑표를 따라가는 모습을 확인하자, 은근슬쩍 흑룡에게 눈치를 주며 구양청에게 작별을 고했다.

그러자 구양일산이 먼저 나서며 구양청을 향해 말했다.

"소손도 여기서 이만 물러나겠습니다."

구양청이 구양일산과 마천휘 등을 번갈아 보고는 뜻 모를 미소를 지은 채 돌아섰다.

"그러든지…… 다음에 보자."

구양청이 발길을 옮기고, 두 노인이, 바로 구양세가의 오랜 가신들인 사노와 화노가 그 뒤를 따라갔다.

구양일산이 그들의 뒤를 따라가지 않고 남은 묘령의 여인, 아니, 여인이라기에는 너무 앳된 소녀인 여동생 구양신지(歐陽神志)를 바라보며 물었다.

"너는 왜……?"

구양신지가 얼굴 가득 화사한 미소를 머금은 채 대답했다.

"왜긴 왜야? 나도 오라버니가 가려는 그 자리에 끼고 싶어서 그러지."

"야, 너……!"

"거기 한마디만 더 하면 내가 알고 있는 오라버니의 비밀을 전부 다 아버지에게 고할 거다?"

"……."

구양일산이 대번에 조개처럼 입을 다물며 마천휘를 향해 어색한 미소를 드러냈다.

"괜찮겠소?"

마천휘가 어리둥절해하며 되물었다.

"그걸 왜 내게 묻는 거요?"

구양일산이 대수롭지 않게 대꾸했다.

"그야 당연히 내가 귀하들의 자리에 끼고 싶어서 그러지요."

마천휘가 무뚝뚝하게 물었다.

"우리가 어디를 가려는 줄 알고 그러시오?"

구양일산이 천연덕스럽게 대답했다.

"어디를 가든 상관없소. 나는 그저 귀하들과 교류를 하고 싶은 것뿐이니까. 그간 우리가 한솥밥을 먹으면서도 너무 소원하질 않았소. 나는 이제라도 젊은 우리가 서로 소통하는 것이 서로에게 매우 유익할 것 같은데, 그쪽은 그렇게 생각하지 않소?"

마천휘가 의미를 모르게 피식 웃으며 어깨를 으쓱했다.

"그럽시다, 그럼."

그리고 돌아서서 발길을 옮기며 한마디 덧붙였다.

"대신 귀하에게 매우 곤란한 자리가 될 수도 있으니, 미리 각오하는 게 좋을 거요."

흑룡이 늘 그렇듯 별생각 없는 표정으로 돌아서서 마천휘의 뒤를 따라갔다.

구양일산이 바로 그들의 뒤를 따라가지 않고 묘한 미소를 흘리며 나직이 중얼거렸다.

"어째 생각보다 만만한 놈은 아닌 것 같네?"

구양신지가 배시시 웃는 낯으로 그런 그와 어깨동무를 하며 말했다.

"언제든지 내게 말만 해. 적이라면 죽여 주고, 같은 편으로 만들고 싶으면 한번 자 줄 테니까."

구양일산이 사뭇 거칠게 그녀의 손길을 뿌리치며 버럭버럭 했다.

"그게 명문대가의 계집 입에서 나올 소리냐!"

구양신지가 자못 울상을 지으며 밑도 끝도 없이 불쑥 물었다.

"내가 가장 아픈 것이 뭔지 알아?"

구양일산이 얼떨결인 것처럼 되물었다.

"뭔데?"

구양신지가 보란 듯이 탄식하며 말했다.

"너무 잘난 오라버니를 두었다는 거야. 그래서 세상 남자들이 죄다 보잘 것 없이 보인다는 거지. 그렇다고 오라버니를 가질 수도 없고, 참으로 짜증나고 한심하단 말이지. 그런 마당에 이깟 몸뚱이 아껴서 뭐 해? 흔적이 남는 것도 아닌데 필요할 때 써야지."

구양일산은 너무 기가 막히고 어이가 없어서 뭐라고 할 말이 없다는 표정으로 절레절레 고개를 흔들었다.

"제정신이냐, 너?"

구양신지가 황당해하는 구양일산이 정말 예쁘고 귀여워서 못 살겠다는 표정으로 뺨을 토닥였다.

"제정신이든 아니든 알아서 잘 생각하고 판단해. 이러다가 확 어디 길가에 쓰러져서 자는 비렁뱅이하고 자 버리는 수가 있다, 나?"

"까불지 말고, 그냥 가라 어서!"

구양일산이 더는 말을 썩고 싶지도 않다는 듯 그녀의 손을 뿌리치며 서둘러 마천휘 등의 뒤를 따라갔다.

구양신지는 그 모습마저 예쁘고 귀엽다는 듯 배시시 웃고는 가기는커녕 후다닥 따라가서 구양일산의 팔짱을 꼈다.

구양일산이 기겁하며 그녀의 손을 뿌리쳤다.

구양신지가 그에 아랑곳하지 않고 재차 팔짱을 끼며 더욱 바싹 붙었다.

그런 식으로 투덕거리며 멀어지는 그들, 두 사람의 모습을 가든 길을 멈추고 돌아보던 사노가 걱정했다.

"요즘 들어 작은 아기씨의 기운이 예사롭지 않습니다. 성품도 예전과 다르게 많이 변하셨고요. 아무래도 일전에 아기씨의 구음절맥을 치료하기 위해서 전수하신 구음마녀(九陰魔女) 산산(蒜蒜)의 음공이 부작용을 일으킨 것이 아닌가 합니다. 특히 소주를 대하는……!"

"그냥 둬. 둘이 맺어지면 좋지 뭘 그래."

"상피(相避 : 근친상간)는……?"

"누가 상피래? 저 아이가 우리 가문의 핏줄이 아님을 벌써 잊은 게야?"

"……!"

사노가 아직 할 말이 많은 표정이면서도 더는 나서지 못하고 고개를 숙이며 물러났다.

구양청이 그런 그를 외면하고 돌아서며 말했다.

"그보다 가주나 잘 살피도록 해. 요즘 들어 광증이 더 심해진 것 같더군."

"하시면……?"

"그깟 앵속, 녀석이 달라는 대로 다 줘 버려. 그렇게 살다가 죽을 놈이면 그렇게 살다가 죽어야지 어쩌겠어."

"예, 알겠습니다. 그리 처리하지요."

사노의 대답을 들은 구양청은 그제야 발길을 재촉했다.

사노와 화노가 묵묵히 그 뒤를 따랐다. 그런데 그런 그들의 일거수일투족을 주시하는 한 쌍의 눈이 있었다.

그 주인이 불편한 심기가 드러난 얼굴로 고개를 갸웃거리며
나직이 뇌까렸다.

"늙은이 뭔가 숨기는 게 있긴 있는 것 같은데, 도통 그게 뭔
지 모르겠단 말이지."

구양청의 동정을 살핀 눈동자의 주인공은 그대로 돌아서서
흑도천상회의 영내를 일체의 흔적도 없이 거슬러서 사도진악
의 거처인 암왕전의 대청으로 스며 들어갔다.

태사의에 앉아 있던 사도진악은 대번의 그의 기척을 감지했
다.

"흑령(黑靈)이냐?"

순간, 태사의의 정면, 대청의 중앙을 차지한 팔선탁 앞에 검
은 안개가 서리더니 이내 짙어져서 사람의 형상으로 변했다.

낙방서생처럼 낡은 마의를 걸친 유생차림의 중년인, 작은 실
눈과 밋밋한 콧대 아래 자란 두 가닥 교룡수염이 특이한 인상
을 자아내는 인물.

그가 바로 사도진악이 가진 보이지 않는 두 개의 손이라는
흑백쌍령(黑白雙靈) 중 하나인 흑령이었다.

흑령과 백령의 존재는 쾌활림 내에서조차 몇몇 요인들만 아
는 극비였다. 또한 그에 준해서 그들만이 지금처럼 아무런 기
별을 하지 않고도 사도진악의 거처를 마음대로 들락거릴 수 있
었다.

"백령은 아직인가요?"

"늘 너보단 늦잖아. 그보다 놈들은 어때?"

"뭐, 별거 없더군요. 아무래도 주군의 기우로 보입니다. 담영도 그렇고 담각도 그렇고, 흑선궁의 계집 일로 조금 불안해하는 것 빼고는 그다지 의심스러운 점을 발견할 수 없었습니다."

그랬다.

사도진악은 흑령으로 하여금 이번 부약운의 일로 인해 동요를 보일 것으로 짐작되는 신마루의 옥기린 담영과 귀수공자 담각 형제의 동정을 살피도록 했던 것이다.

전대 신마루주이자, 무림사마의 하나였던 혈목사마 담황이 죽은 이후, 신마루는 내부를 정비한다는 명목으로 흑도천상회를 이탈해서 독자적으로 움직이고 있었는데, 사도진악은 내내 그것을 신경 쓰고 있었다.

"흑살노괴(黑殺老怪)는?"

흑살노괴는 신마루의 중핵을 이루던 적포구마성의 대형인 전대의 거마이다.

신마루의 주인인 혈목사마 담황이 살아 있을 때의 그는 후원에 칩거한 채 신마루의 행사에 전혀 나서지 않았으나, 담황이 죽고 형제들마저 불의의 사고로 모두 잃자 스스로 칩거를 깨고 나와서 신임 루주인 담영을 물심양면으로 돕고 있었다.

"그자도 별거 없습니다. 신마루의 재건을 위한답시고 담영을 돕는 한편으로, 신적포구마성을 만들겠다며 분주하게 움직이는

데, 별 소득은 없는 것 같더군요. 요즘 같은 시절에 쓸 만한 인재를 구하는 게 어디 쉽나요."

"구양세가와의 소통도 없었나?"

"없었습니다. 적어도 제가 살피는 동안에 신마루가 외부의 누군가와 연락하는 정황은 포착되지 않았습니다."

"역시 기우였나……?"

사도진악이 이맛살을 찌푸리는 참인데, 흑령이 깜빡했다는 표정으로 말문을 열었다.

"그보다 오다가 재미있는 얘기를 들었습니다."

사도진악이 관심을 보였다.

"무슨 얘긴데?"

흑령이 말했다.

"광증에 걸렸다는 구양정천(歐陽井泉)말입니다. 아무래도 그자의 광증이 아비인 구양청과 밀접한 관계가 있는 것 같습니다."

"그게 무슨 소리야?"

"광증 때문에 앵속을 쓰는 건지, 아니면 앵속 때문에 광증이 일어난 것인지는 모르겠지만, 오다가 그 늙은이가 하는 말을 들으니, 그자가 달라는 대로 앵속을 주라고 하더군요. 아주 편안한 얼굴로 그리 말하던걸요?"

사도진악이 오만상을 찡그리며 부정했다.

"말도 안 되는 소리! 한때 북천권사 언소보와 쌍벽을 이룬다고 해서 남천권요(南天拳妖)라 불릴 정도로 뛰어난 무인인 자식을 아비가 앵속으로 망쳤다는 게 말이 되나!"

흑령이 대수롭지 않게 어깨를 으쓱했다.

"자세한 내막이야 저는 모르죠. 저는 그저 들은 바를 그대로 전하는 것뿐입니다."

"⋯⋯."

사도진악이 잠시 입을 다문 채 생각에 잠겼다가 깨어나며 말했다.

"밑져야 본전이니 어디 한번 확인해 보도록 하지."

그때 미세한 기척이 일어나며 이내 팔선탁 앞에 서 있는 흑령의 곁에 백색의 안개가 서리며 이내 사람으로 바뀌었다.

보통 체구에 어디서나 흔히 볼 수 있을 정도로 대단히 평범해서 기억에 잘 안 남는 종류의 용모를 가진 백의중년인, 바로 백령이었다.

그 백령이 모습을 드러내자마자 사도진악을 향해 고개를 숙였다.

"조금 늦었습니다."

흑령도 그랬지만, 사도진악 역시 백령이 다가오는 것을 진작부터 느꼈기 때문에 별다른 기색의 변화 없이 인사를 받으며 바로 본론을 꺼냈다.

"갔던 일은 잘 처리했겠지?"

백령이 담담히 대답했다.

용모가 그렇듯 그의 음성 또한 듣고 나서 바로 잊어버릴 것처럼 이렇다 할 특징도 없고, 고저도 없는 무미건조한 목소리였다.

"일단 전에 말씀드렸던 그 요직에 앉은 자에게 주군의 의사를 전달했습니다. 그런데 그자가 확답을 뒤로 미룬 채 요구하는 것이 하나 있습니다."

"황금이 부족했던 건가?"

"아니요. 자신의 요구만 처리해 주면 황금은 받지 않아도 좋다고 하더군요."

"그래? 대체 어떤 요구인데?"

"황궁 뇌옥에 가두어져 있는 전 사례감의 장인태감인 정정보를 빼내 와 달라고 합니다. 그렇게만 해 준다면 당장이라고 황제와의 자리를 주선해 주겠다고 하네요."

사도진악이 미간을 찌푸렸다.

"황궁 뇌옥에 있는 자를⋯⋯?"

"예."

백령이 짧게 대답하며 부연했다.

"게다가 시간이 조금 촉박합니다. 정정보 그자가 당금 황제의 천도가 마무리되는 시점에 만인의 앞에서 공개 처형되기로 정해져 있다고 하는데, 지금 천도가 거의 마무리 단계에 있거든요."

사도진악이 쓰게 입맛을 다시며 중얼거렸다.

"신기하군. 정정보 그자는 탐관오리(貪官汚吏) 중에서도 탐관

천외천의
주인

오리고, 추종자들은 황제가 이미 다 솎아 내서 처형한 것으로 아는데, 아직도 그자를 그렇게나 그자를 추종하는 자가 황궁에 남아 있다는 건가?"

백령이 손가락으로 관자놀이를 긁적이며 대답했다.

"추종자가 아닙니다."

사도진악이 눈을 끔뻑거렸다.

"추종자가 아니면?"

백령이 대답했다.

"주선자가 그자의 모함으로 멸문을 당한 가문의 자제입니다. 이른바 불공대천지수인 거지요. 황제가 바뀌며 유배가 풀리고 황제의 특명으로 아비의 직위를 승계했는데, 당장에 혀를 깨물고 죽는 한이 있어도 그자가 편하게 죽는 꼴을 보지 못하겠답니다."

사도진악이 한 방 맞았다는 표정이다가 이내 자못 음충맞은 기소를 흘렸다.

"정말 의심의 여지가 없이 확실한 이유로군. 좋아. 내가 알아서 처리하도록 하지."

"주군께서요?"

백령이 고개를 갸웃하며 재우쳐 물었다.

"제가 처리하려고 준비하던 중이었습니다만……?"

사도진악이 대답 대신 이채롭게 변한 눈빛으로 백령과 흑령을 바라보았다.

"너희들은 따로 할 일이 있다."

백령과 흑령이 어리둥절한 표정으로 관심을 보이자, 그가 목소리를 낮추어서 다시 말했다.

"개방을 와해시킬 생각이다."

흑령은 말할 것도 없고, 감정의 기복이 전혀 들어나지 않던 백령조차 두 눈이 휘둥그레졌다.

이윽고, 흑령이 조심스럽게 말했다.

"우리들만으로는……!"

"내가 나설 거다."

사도진악이 한마디로 흑령의 우려를 날려 버리며 내내 장승처럼 자신의 뒤에 시립해 있던 두 사람, 천사인과 지사인을 가리키며 말했다.

"너희들에게는 이들을 내줄 테니, 바로 시작해라!"

강호무림에는 한 분야, 혹은 동종업종 종사자들은 일종의 조합 같은 형태의 조직을 만들어서 공동의 이익을 도모하고, 이권을 지키곤 한다.

이런 조합적인 형태의 조직을 방(幇)이라고 하는데, 그중에서 가장 거대하고, 또한 그래서 가장 잘 알려진 세력이 바로 거지들의 모임인 개방이다.

그리고 세간에서 달리 궁가방(窮家幇)이라고도 불리는 개방은 과거 크게 두 부류로 나뉘었다.

오의문(汚衣門)과 정의문(淨衣門)이 바로 그것이다.

같은 개방의 제자라도 오의문도는 더러운 옷을 입고 다니며 주로 구걸로써 생계를 유지하고, 정의문도는 깨끗한 옷을 입고 다니고 구걸도 하지만 주로 꽃이나 노래 춤 등의 기예(技藝)를 팔아 생계를 유지한다는 식이다.

그러나 이제 그것은 옛말이 되었다.

태조 주원장이 명을 건국하기 이전인 잠룡 시절에 개방도가 되어서 문전걸식(門前乞食)할 때만해도 유지되던 그 전통은 주원장이 명을 건국한 이후부터 사라졌다.

거지는 거지다워야 한다는 주원장의 한마디가 불러온 파급이라는 속설이 있으나, 실제로 그런지는 확인된 바 없고, 확인할 수도 없는 일이다.

그보다는 지저분한 것이 구걸에 더 유리하기 때문이라는 것이 혹자들이 주장하는 정설이다.

그리고 변한 것은 그것만이 아니었다.

개방의 신분을 표시하는 매듭도, 이른바 결계도 주원장 이전과 이후로 바뀌었다.

이전에는 옷에 덧대어 기운 천의 숫자에 따라 혹은 메고 다니는 마대(麻袋)의 종류나 거기 달린 매듭 수에 따라 신분을 표시했으나, 이후에는 허리띠의 매듭 수로 신분을 표시하는 것으로 통일되었다.

이를 테면 허리띠에 매듭이 없으면 이제 막 개방도가 된 졸자인 백의개(白衣丐)이고, 그 위로 일결(一結), 이결(二結) 등의 순으로 올라가며 지위를 표시하는 것이다.

다만 예로부터 지금까지, 주원장의 건국과 무관하게 전혀 바뀌지 않은 것도 있다.

구걸을 하는 방식이 바로 그것이다.

개방도가 구걸을 하는 방식은 문행(文行)과 무행(武行)으로 나뉘는데, 문행은 문간에서 연화락을 부르는 등의 귀찮게 해서 구걸하는 것이고, 무행은 위협이나 겁박 등, 소위 배대강(背大强) 짓이라는 폭력을 행사해서 구걸하는 방식이다.

따라서 구걸에 나선 개방도는 인원과 무관하게 문개라는 시개(時丐)와 규가개(叫街丐)라는 무개가 하나의 조를 이루며, 그들을 지휘하는 것은 거의 대부분이 화자두(花子頭) 혹은 규화두(叫花頭)라고 불리는 그 지역의 이결제자인 것이 보통이다.

요컨대 천하대방 개방의 체계를 유지하는 데 가중 중요한 자금줄을 최전방에서 선도하는 것이 바로 그들, 이결제자들인 것인데, 천하제일의 세력임을 자랑하는 개방답게 그 인원만 해도 무려 일만을 헤아린다고 알려져 있었다.

그런데 환란의 시대라는 말이 무색할 정도로 한가한 날의 오후였다.

개방 총단의 후원, 개방의 모든 비합전서(飛鴿傳書)를 통괄하는 상통각(相通閣)으로 느닷없이 중원 각지에 흩어져 있는 그들, 화자두의 죽음을 알리는 전서구가 도착하기 시작했다.

처음에는 한둘에 불과했던 그 숫자는 이내 수십 개로 늘어났고, 다시 수백 개로 불어났다.

그러고도 계속해서 전서구가 날아들고 있었다.

"이, 이게 대체 무슨……!"

상통각을 주관하는 개방의 장로, 철산개(鐵傘丐) 이보(李菩)는 실로 기겁하며 탁자에 펼쳐진 전서를 대충 손으로 한 움큼 쥐어들고는 신임개방주인 취죽개의 거처로 부리나케 내달렸다.

벌써 늦저녁이 지나서 새벽으로 접어든 축시(丑時:오전 1~2시)가 지난 무렵이었으나, 그런 것을 따질 계제가 아니고, 그럴 정신도 없었다.

"바, 방주……!"

대청의 문을 열기 전부터 다급히 소리친 덕분인지 취죽개는 잠옷 바람으로나마 바로 침실을 나섰다.

"무슨 일인데 이 시간에 이리 호들갑을 떨고 그래?"

"이, 이것 좀……!"

이보는 대답 대신 와락 구겨진 채로 한 움큼 들고 온 전서를 내밀었다.

취죽개가 이미 심상치 않은 사태를 직감한 듯 재빨리 그가 내민 전서를 살펴보았다.

그는 서너 개를 살펴보기 무섭게 소리쳤다.

"경종을 울려! 당장에 전 방도를 소집해!"

이보가 당장에 밖으로 달려 나갔고, 이내 시절이 시절인 만큼 낮이나 밤이나 쥐 죽은 듯 고요하던 개방의 총타에 요란한 경종이 울렸다.

총단의 영내에 있는 전 방도를 소집하는 경종이었다.

그리고 그 이후 반시진도 지나지 않아서 영내에 있는 호법들과 개방의 양대 무력 단체이자 최고 무력 단체인 강룡각(降龍閣)의 강룡십삼개(降龍十三丐)와 용호각(龍虎閣)의 용호백팔개(龍虎百八丐)를 필두로한 일천일백 명의 정예 고수들이 총단을 나서서 중원 각지로 흩어졌다.

개방 총단의 역사상 최대의 정예가 동원된 출정이었다.

다음 권으로 이어집니다

천외천의
주인

기갑천마

거짓이슬 퓨전 판타지 장편소설

종말을 막지 못한 절대자
복수의 기회를 얻다!

무림을 침략한 마수와의 운명을 건 쟁투
그 마지막 싸움에서 눈감은 무림의 천하제일인, 천휘
종말을 앞둔 중원이 아닌 새로운 세상에서 눈을 뜨는데……

"천휘든 단테든, 본좌는 본좌이니라."

이제는 백월신교의 마지막 교주가 아닌 평민 훈련병, 단테
그럼에도 오로지 마수의 숨통을 끊기 위해
절대자의 일 보를 다시금 내딛다!

에이스 기갑 파일럿 단테
마도 공학의 결정체, 나이트 프레임에 올라
마수들을 처단하고 세상을 구원하라!